集英社オレンジ文庫

弁当探偵

愛とマウンティングの玉子焼き

遊川ユウ

Bento Detective

Contents

弁当探偵

愛とマウンティングの玉子焼き

Bento Detective

プロローグ　～一年前～

新卒の就職活動の面接で、「あなたを食べ物にたとえるなら何ですか？」と質問された。予想していなかった質問で、とっさに「卵です」と一番好きな食べ物を答えた。

「その理由は？」

「ええと……」

こういう場面では、卵の特徴と自分の長所を関連づけて話すのが正解なのだろう。けれど、何も思い浮かばなかった。そもそも自分の長所なんてわからない。今まで何となく周りに合わせて生きてきただけの、平凡な人間だ。

「卵は調理する前はどれも同じ形をしていますが、調理の仕方によって、形はもちろん、味や食感の幅はいくらでも広がります。ご飯にもパンにも合うし、おかずにもデザートにもなります。卵の可能性は無限大なんです」

そこまで話したとき、目の前の面接官が「は？」という顔をしていることに気づく。質問の意図を全く無視して、ただ卵の素晴らしさを語ってしまっていた。

「なので、あの、その……私もそのような、どんな状況にも柔軟に対応できる人間……に、なれればいいなと思っています」

「そうですか」

面接官は鼻を鳴らすように笑いながら、手元の書類に視線を落とした。これは駄目だな、と察しがついた。

自宅に帰る途中、晩ご飯を買いにコンビニに入った。ほぼ毎日寄っている店なので、店員さんともお互い顔見知りのようになっている。リクルートスーツを着ている日は、心なしか「いらっしゃいませ」の言い方が優しく、労《ねぎら》いが込められているように思える。

コンビニでも私は真っ先に、大好きな卵を使ったメニューをチェックする。

〈三ツ星シェフ監修　ビーフシチューオムライス〉

〈北海道《ほっかいどう》産生クリーム使用　温玉載《の》せカルボナーラ〉

〈炙《あぶ》り鶏《どり》とふわふわ玉子の親子丼〉

〈たまごたっぷり！　喫茶店風固めプリン〉

コンビニのメニューの入れ替わりは意外と早く、毎日通っていても飽きない。

両親はいつも夜遅くまで仕事で家を空けている。他に家族もいない私は、一人自室の机でコンビニ飯を味わいながら、スマホでサブスク動画を観《み》る。

この日は迷いに迷って、チキン南蛮弁当を選んだ。粗《あら》めに刻まれたゆで卵のタルタルソースは、甘酸っぱいチキンに合うのはもちろんのこと、一緒に入っているごま塩ご飯にちょっとだけつけて食べるのもまた美味しい。

子どもの頃から卵料理が大好きだった。今日の面接で熱く語ったとおり、卵の可能性は無限大だ。

けれど私は今まで一度も、自分で卵を割ったことがない。

第一話

愛とマウンティングの玉子焼き

手作りのお弁当を一度も食べたことのないまま大人になった人は、果たしてどれくらいいるだろう。

新卒で入って四ヶ月目の、医科大学の教務課。お昼はいつも大学内の学生・職員食堂でとっている。私も含め歳が近いランチメンバーは皆、食堂のご飯を食べているが、他の席ではお弁当を持ち込んでいる人もちらほら見かける。

ある日、ランチメンバー達が、子どもの頃に好きだったお弁当のおかずについて話し始めた。玉子焼きは甘い派か、しょっぱい派か。好きな冷凍食品は何だったか。ちくわの中に何を詰めるのがいいか。

皆が子どもの頃を思い出して盛り上がっている中、私は一人、ただ曖昧《あいまい》に笑って相槌《あいづち》を打つことしかできなかった。共働きの両親はどちらも家にいる時間が短く、お弁当どころか朝晩の食事さえ手作りされることはほとんどなかった。

仕事を頑張っていた両親のことは尊敬するし、お弁当代わりのスーパーやコンビニのお惣菜は美味《おい》しかった。だけど、手にしたことのないものに理想を抱くのは人間の性《さが》で、恋を経験したことのない人が初恋を夢見るのと同じように、私は手作りのお弁当への憧《あこが》れを募《つの》らせている。

「だったら、自分で作れよー」

起床後、洗面台の鏡に映る寝ぼけ面《づら》の自分に向かって毒を吐く。

玉田典子《たまだのりこ》、二十二歳。社会人デビューと同時に始めた一人暮らしにも、少しずつ慣れてきた今日この頃。

家賃六万、八帖《じょう》のワンルームを訪れた数少ない友人達は「狭ーい！」「大学生の部屋みたい」と異口同音《いくどうおん》に言ったものだが、私は結構気に入っている。部屋が狭い分、掃除が楽だ。物を取りたいときもあまり動かなくて済む。一つのエアコンをオンにするだけで、リビングスペースもキッチンも、玄関にまで空調が効く。

こういったことを快適に思うのは、私がズボラで面倒臭《めんどくさ》がりだからに他ならない。手作りのお弁当に憧れながら、今日もまた、出勤に間に合うぎりぎりの時間まで眠ってしまった。人生初の手作り弁当にありつける日は遠いようだ。


——と思ったのだが。

その日の昼休憩。いつものように食堂でメニューを選び、盆を持ったまま私は途方に暮れていた。

今日は三人のランチメンバーのうち、一人は有給休暇。さらに一人が体調不良で急遽《きゅうきょ》お休みとなり、あと一人は業務の都合で昼休憩の時間がずれることになった。

ランチメンバーが誰もいない中で昼休憩に入るのは初めてだ。四人掛けのテーブル席に一人で座ったり、見知らぬ職員と相席したりする勇気もなく、壁付けのカウンター席に向かおうとする。

「玉田さーん」

通り過ぎたばかりのテーブル席の方から、聞き覚えのある声が私を呼ぶ。振り向くと同じ教務課の先輩三人がいた。

「一人なの？　珍しいね」

「よかったら、たまには一緒に食べようよ」

三人はいつものランチメンバーと違い、私より年齢がかなり上の人達ばかりだ。気後《きおく》れしそうになったが、彼女達のテーブルに置かれている物が目に入ったとたん、私の頭にお花が咲いた。

三人とも、手作りのお弁当持参だ。しかも、パッと見ただけでもかなりクオリティが高い。

「はい、喜んで……あの、先輩達、とっても素敵なお弁当ですねっ」

三人はどっと笑った。物欲しそうな態度が出てしまっただろうかと思いつつ、一つ空《あ》いた席にお邪魔することにした。

今日、私が選んだ食堂のメニューは、大好きな出し巻き玉子の定食だった。メインの大きな出し巻き玉子は卵を三個も使って作られているそうで、箸《はし》で切る度《たび》にだし汁が皿の上に溢《あふ》れ出る絶品だ。

しかし、大好きな出し巻き玉子の味がわからなくなるくらい、私は終始、三人のお弁当に魅入《みい》っていた。

「ほとんど昨日の晩ご飯の残り物だよ」

「私なんて、これもこれも冷凍食品だし」

先輩達の謙遜《けんそん》気味な発言が、私には余裕の表れのように聞こえてしまう。

最近流行《はや》りのSNS映《ば》えを意識したような、凝《こ》った派手さは見当たらない。けれど、質素にして色鮮やか。栄養のバランスも完璧に見えた。

ニンジンのきんぴらや梅干しのさりげない赤色。おかずの間を仕切るように入れられているレタスの緑色。

そしてお弁当の定番、玉子焼きの黄色――。

「あ、あれ……？」

あることに気づき、思わず小さく声を漏《も》らしてしまう。

目に留《と》まったのは先輩職員であるユカリさんの玉子焼きだ。何かを巻いたり、混ぜ込んだりしていない、卵だけを使ったシンプルな玉子焼き。しかし、どう見ても酷《ひど》く焦《こ》げすぎている。

「玉田さん、どうかした？」

「いえ、別に……すみません」

正面の席からユカリさんがニッコリと視線を送ってくる。事務員の中では珍しくいつも完全なノーメイクで、薄い眉毛と目は笑うとどちらも八の字に曲がる。

ユカリさんは新卒から十年以上、産休や育休を取りながらずっとこの大学で働き続けてきた。「子育てするようになってから、自分の外見とか適当になっちゃって」と度々言っているユカリさん。自虐ではあるが、どこか幸せそうでもある。

ユカリさんは、焦げた玉子焼きをそのままの笑顔で頬張る。私が失敗だと勘違いしているだけで、実はこういうデザインなのだろうか。そう思い直してみると、表面の焦げはキリン模様に見えなくもない。

しかも、ユカリさんのお弁当の具は、玉子焼き以外はどれも完璧な出来栄《できば》えだった。夏らしいゴーヤの肉詰めに、茄子《なす》とパプリカの炒《いた》め物。そして何かのキャラクターの顔型になっているポテト――これはきっとお子さんとお揃《そろ》いなのだろう。

「ユカリさん、ポテト可愛いですね」

私がそう言うと、ユカリさんはわかりやすく顔をほころばせた。

「もう、子どもっぽくてごめんね。このキャラクター、下の子の幼稚園で流行ってるみたいで、どうしてもお弁当に入れてほしいって言われて」

私の隣に座っている先輩職員が、「うちの子も好きだよ」と声を弾《はず》ませる。

ちょっと話についていきにくいなと思っていると、突然、私の斜向《はすむ》かい——ユカリさんの隣の席にいる先輩の表情が変わった。

派遣職員の梅星《うめほし》さん。歳は二十九と聞いているが、落ち着いた雰囲気のせいか、三十代半ばのユカリさん達と同い年くらいに見える。

梅星さんは、切れ長の目の中で瞳をわずかに横に動かし、ユカリさんの方を見た。そしてほんの一瞬、唇に微笑を浮かべた後、それを隠すかのように備え付けの紙ナプキンで口元を拭《ぬぐ》った。


午後の業務の十分前。

壁伝いにロッカーが並ぶ女子更衣室にて、私は一人、中央の長椅子に座ってメイクを直していた。急がなければならないのに、さっきの梅星さんのことをぼんやり考えてしまう。

あの一瞬の微笑は、何だったんだろう。

梅星さんは私が入職する半年ほど前から派遣職員としてここに勤めているらしい。

医科大学の教務課の業務は、ざっくり言うと大学の授業に関する事務仕事なのだが、内容は多岐にわたる。毎日の授業のための教室の整備や物品の準備、学生の出欠および成績の管理、各種証明書の発行、奨学金の手続き、その他諸々《もろもろ》。

人員は正職員が二十人、派遣職員が梅星さんを入れて三人。

梅星さん以外の二人の派遣職員は、データ入力など主《おも》に正職員のサポート業務を担《にな》っている。けれど派遣職員の中で飛びぬけて優秀な梅星さんだけは、学生の実習先施設に連絡を入れたり、授業のカリキュラムに関する会議にも出席したりと、正職員とほとんど変わらない内容の仕事を任されているようだった。

これは噂で聞いただけなのだが、梅星さんの前職は、誰もが聞いたことのある有名企業の正社員だったらしい。どうしてそんなところからこの大学に転職したのか。

この大学は正職員の中途採用を二十七歳までに制限している。梅星さんはそれを超えていたため中途採用とはならず、派遣職員としてやってきたのだ。彼女がそこまでしてこの大学で働きたい理由は、見当もつかない。

ようやくメイク直しを終えて顔を上げると、横一列にずらりと並んだロッカーが視界に入って、現実に引き戻される。

「カッコいいなぁ、梅星さん。さっきのお弁当も凄《すご》く素敵だったしなぁ」

ユカリさんの玉子焼きのことが気になりつつ、私は他の人達のお弁当もしっかりチェックしていた。

梅星さんのお弁当は、楕円形《だえん》の一段弁当だった。半分に入れられた白いご飯の中心に、皺《しわ》のついた柔らかそうな梅干しが一つ。梅干しの周りに黒ゴマがパラパラと散らされていた。ご飯とおかずのスペースはフリルレタスで仕切られ、玉子焼きや筑前煮《ちくぜんに》といった王道の和食おかずがバランスよく入れられていた。

その中に一つ、今まで私が見たことのないおかずがあった。厚めの衣《ころも》をまとった鶏肉《とりにく》の天ぷらが、クリーム色のソースで和《あ》えられているようだった。

「エビマヨの鶏肉版みたいで美味しそうだったな。ああいうの、どうやったら思いつくんだろう」

色付きリップを塗り直した口をもごもごと動かしながら、ほとんど独り言のような疑問を呟《つぶや》いた、そのとき。

「派遣職員だからよ」

誰もいないと思っていた更衣室の中で確かに返事が聞こえ、顔を上げた私は絶句した。入り口のところに梅星さんが立っていた。

「う、梅星さん！　いつからいたんですか？」

「あなたがその大きな鏡を見てメイクを直しながら、私のお弁当のこと呟いてたときからよ」

梅星さんは長椅子に近づいてきて、私の隣にすっと腰を下ろした。そして、ポーチからフェイスパウダーを取り出し、額《ひたい》や頬に軽く押し当てるだけでメイク直しを終えてしまった。胸元まである艶《つや》やかな黒髪をブラシでさっと梳《と》かした後、業務中いつもしているようにシンプルな髪ゴムで一つに結ぶ。

梅星さんのポーチもフェイスパウダーも、ブラシも、他の先輩達が持っているようなデパコスやブランド物は何一つない。

しげしげと眺めていると、梅星さんは唐突にこう言った。

「身なりや持ち物もそうだけど……毎日のお弁当にも、その人の暮らしぶりが如実《にょじつ》に表れる」

リップも塗っていない梅星さんの唇が、食堂で一瞬見せたのと同じ笑みを浮かべた。

「派遣職員のお給料では、高い化粧品は買えない。だから、お金をかけずに綺麗に見せる工夫ができるようになるのよ。お弁当も同じ。お手頃な食材を使って、いかに美味しくできるか考えるのは楽しいわ」

あの鶏肉のおかずは、梅星さんが少しでも材料費を浮かせてエビマヨの味を再現できないかと考えた末に生まれたものなのだそうだ。

「エビの代わりに安い鶏むね肉を使って、余った肉は筑前煮にも入れてるのよ。オーロラソースはマヨネーズとケチャップ、それにほんの少しだけヨーグルトを混ぜて作ってる。練乳を使うのが一般的みたいだけど、ヨーグルトにするとさっぱりした後味になるわ」

「へぇーっ」

感心しつつ、梅星さんの経歴のことも考えると、ちょっとした疑問も浮かんでしまう。元の有名企業にいれば、そんな風に食費のことなんて気にしなくて済んだのに。どうして梅星さんはわざわざ派遣職員として、この大学にやってきたのだろう。

「お弁当には、その人の暮らしぶりが表れる……か。ホントそうですね」

「そうよ。だから私、お弁当は作るのや食べるのはもちろん好きだけど、人のお弁当を観察するのも大好き」

それは私も同じだった。けれど私はただ色々な人のお弁当に目を奪われ、憧れるばかりで、その背景にまで考えを巡らせたことなんて全くなかった。

「梅星さん。ちなみに今、一番気になってるのは誰のお弁当ですか？」

「そうねー……」

一呼吸置いた後、梅星さんは「ユカリさんの玉子焼き」と言い、また微笑んだ。

焦げ付いてキリンの模様みたいになった玉子焼きに、やはり梅星さんも気づいていたらしい。しかも、梅星さんは私の知らない更なる事実について話し始めた。

「おかしいのは今日だけじゃないの。ここ数日の間ずっと、ユカリさんのお弁当の中で、玉子焼きだけが酷い有様なのよ」

梅星さんの話によると、以前からユカリさんのお弁当には毎日玉子焼きが入っていて、その出来栄えは素晴らしいものだったそうだ。それがどういうことか、ある日を境にユカリさんの玉子焼きは、素人《しろうと》以下と言ってもいい酷い出来へと変わり果ててしまった。

「一番酷かったのは、明太子《めんたいこ》が入った玉子焼きのときね。火を通しすぎないように気をつけたんだろうけど、逆に生焼けで中心がドロドロだった」

「ユカリさん、それを平気で食べたんですか？　今七月だし、下手《へた》したら食中毒とか……」

「食べてたわよ。今日みたいにニコニコ笑顔で」

今日もユカリさんは、昼食の間ずっと笑顔だった。玉子焼きの失敗くらいのことは何も気にしていないということだろうか。それとも、失敗とさえ思っていない？

「それで私は今、ユカリさんの玉子焼きの謎を解明しようとしているの。何かエッグい事実が隠されているような予感がするわ……玉子焼きだけにね！」

梅星さんが玉子《エッグ》にちなんで上手《うま》いこと言ったところで、昼休憩終了の時間になる。

私は気づいてしまった。私のお弁当に対する憧れとは少し種類が違うものの、梅星さんもお弁当に対する並々ならぬ執着心を持っている。色々な人のお弁当を観察し、ちょっとした違和感から、その背後にあるものを解き明かそうとする――。

梅星さんは「弁当探偵」なのだ。


梅星さんと一緒に事務室に戻ると、すぐに午後の業務が始まった。

大学一階に位置する事務室が、教務課の仕事場だ。同じ事務室内には学生課や研究課もあり、役所のように部署ごとに窓口カウンターが設置されている。学生の夏休みにあたるこの時期は訪れる人も少なく、どの部署も落ち着いているようだった。

昼食後でお腹《なか》がいっぱいなうえ、冷房の風が心地よく、ついウトウトしそうになる。そんな中、教務課の奥から、主任の白須《しらす》さんの怒鳴り声が聞こえてきた。

「ちょっと、ユカリさん！　また学生の成績処理の仕方に不備があったわよ。さっき先生から指摘されたわ」

各々《おのおの》のパソコンに向いていた皆の視線が、一斉にユカリさんの方に移される。

「す、すみませんっ。確認してすぐに修正します」

ユカリさんが椅子から立って頭を下げると、白須さんはフンと鼻を鳴らして自分の業務に戻る。

実はこんなことが、私が入職してから何度もある。ユカリさんのミスを見つけた白須さんが、皆に聞こえるくらいの大声でユカリさんを叱《しか》りつける。辺りが気まずい雰囲気になり、ユカリさんはうろたえながら謝罪する。

気を取り直して作業に戻ろうと、パソコンの画面に向き直る。

〈白須さんって、ユカリさん以外の人がミスをしたときは、あれほど怒らないのにね〉

突然送られてきたチャットのメッセージを見て、声を上げそうになるのを何とかこらえた。送り主はなんと梅星さんだった。

教務課の座席はデスクを向かい合わせた配置で、梅星さんの席は私の席の斜向かいだ。私がちらと目配せすると、梅星さんも一瞬こちらを見た。

〈確かにそうですね。私が学生さんの成績通知を間違った住所に送付したときなんて、代わりに謝罪の電話までかけてくれました〉

〈あなた、とんでもないミスしたのね……。それはさておき、以前からユカリさんが白須さんに目をつけられてるっていう噂があるのよ〉

梅星さんは、私が入職する前のユカリさんの様子について教えてくれた。新卒時からずっとこの大学で働いているユカリさんは、梅星さんの入職と同じ時期に、他部署から教務課に異動したそうだ。

　初めのうちはテキパキと仕事をこなしていたユカリさんだったが、ある日、学生の試験問題を印刷する際に部数間違いのミスをしてしまった。そのとき白須さんから大目玉を喰らい、それ以来動揺してミスが増える一方なのだという。

〈ユカリさんはミスを引きずるタイプなのよ。白須さんは、それをわかっててワザとあんな風に大げさに怒っているように見えるわ〉

　ユカリさんは、仕事が上手くいかなくなる負のループに陥《おちい》っているのだ。ミスをする、叱責を受ける、動揺して集中力が途切れる、またミスをする——。それがどれほど苦痛なものかは、入職して間もない私でも想像に難《かた》くない。

〈ユカリさんも、玉田さんみたいにミスしてもケロッとできるくらい図太かったらいいのにね〉

〈褒《ほ》められてるのかディスられてるのか、わかんないんですけど〉

　会議のため離室していた教務課の課長が戻ってきた。私の席の後ろを通って課長席の方に歩いていく。チャットの画面を見られないよう、慌《あわ》ててウインドウを最小化した。

　斜向かいの席で梅星さんがクスリと笑う声が聞こえる。

〈話に付き合ってくれてありがとう。残りの業務も頑張りましょう。あと、他の人達にバレないようにチャットの履歴は消しておいてね〉

翌日の昼休憩。いつものようにランチメンバーと食堂に行き、メニューを選ぶ。今日はとろとろの玉子を食べたい気分だったので、親子丼定食にした。うちの食堂の親子丼は卵を二個使って作られている。一個を半熟にして具をとじた上に、温泉卵がどんと載《の》っている。温泉卵を箸《はし》の先でつつくと、割れ目から濃厚な黄身が流れ出した。

私が親子丼に夢中になっている間、ランチメンバー達は口々に、昨日自分の身にあったことを報告し合う。体調不良や有休、業務都合のため、昨日は四人とも散り散りになっていたからだ。

「もう体調は大丈夫なの？　夏風邪って熱と暑さがダブルでくるから相当キツいよね」

「一日休んだらもう大丈夫。それより旅行の感想聞かせてよ」

「もちろん。後でお土産《みやげ》もちゃんと渡すね」

「いいなぁ。私もあの面倒な業務さえなければ、有休取ってゆっくりしたかった」

私は黙ってランチメンバー達の話を聞きながら、昨日の昼休憩のことを思い出す。彼女達は、昨日私が梅星さん達と一緒にお昼を食べたことを知らない。

「あ、お冷やもうなくなっちゃった。おかわり貰《もら》ってきますね」

そう言って私はさりげなく席を立つと、梅星さん達のいるテーブルの傍《そば》を通り過ぎ、ユカリさんのお弁当の中身を確認した。ほんの一瞬見ただけでも、今日の玉子焼きも上手くできていないのが明らかだった。

昨日、梅星さんからチャットでユカリさんの話を聞いて、私はこんなことを思いついた。

ユカリさんは失敗を大きな声で指摘されると冷静でいられなくなり、そのせいでミスを繰り返すようになってしまう人だという。もしかすると、あの失敗続きの玉子焼きも、最初に白須さんから何か難癖《なんくせ》をつけられたのがきっかけで、上手く作れなくなってしまったのではないだろうか。

入職早々に成績表の送付ミスをするような私にしては、なかなかの名推理ではないかという自負があった。実際、ユカリさんはつい最近まで、玉子焼きをとても上手に作っていたと聞いている。白須さんからの叱責《しっせき》を受けて仕事が上手くいかなくなったのと同じように、ユカリさんの玉子焼きが変わったのには明確なきっかけがあると考えて間違いないはずだ。

私はこの推理を梅星さんに披露《ひろう》するべく、昼食後に意気揚々《ようよう》と更衣室に向かった。

が、しかし。

「絶対に違うと思うわよ」

昨日と同じようにフェイスパウダーを頬にポンポン当てながら、梅星さんはさらりとそう言いきった。私が話を切り出してから一分と経《た》たないうちに。

「えぇーっ。私、結構自信があったのですが」

「甘すぎるわ。まるで伊達巻《だてまき》のようね」

また玉子焼きにちなんで上手いことを言う梅星さんだが、私の推理に対してはとても辛《から》口《くち》である。

更衣室に他の職員が入ってきたため、建物を出て中庭のベンチに二人で並んで話を続けた。日差しが強く、メイクを直したばかりなのに崩れてきそうなほどだ。

「どうして絶対違うと思うんですか?」

「理由は二つあるわ。一つは、ユカリさんのお弁当のうち失敗しているのが玉子焼きだけってことよ。もしお弁当のことで白須さんに何か言われて動揺したなら、玉子焼き以外でも何かしらの失敗をしそうなものよ」

そう言われれば確かにそうだ。試験の印刷部数ミスで白須さんの叱責を受けたユカリさんは、その後、他の業務でもミスを連発するようになってしまった。お弁当についても、もしユカリさんの気持ちの面が理由なのであれば、失敗が玉子焼きだけにとどまるようなことはないだろう。

「じゃあ二つ目の理由は？　梅星さん」

完全に考える気力をなくしてしまった私は、梅星さんに教えを乞《こ》う。梅星さんが口にした二つ目の理由は、私の認識を根底から覆《くつがえ》すものだった。

「お弁当を食べているときのユカリさんの笑顔よ。そもそも彼女、あの玉子焼きを失敗とすら思っていないんじゃないかしら」

昨日、焦げすぎた玉子焼きを見て絶句している私にも、ユカリさんは笑顔で「どうかした？」と尋《たず》ねてきた。強がりでもやせ我慢でもない、心からの笑顔に見えた。

周りの目から見れば失敗作の玉子焼きでも、ユカリさんはそう思っていないということなのだろうか。だからジロジロ見られても気にせず、笑顔でいることができる……？

「そうだとしたら、ユカリさん素敵ですね」

何の気なしに私が呟くと、梅星さんは突然火が付いたように語りだした。

「手作りのお弁当を愛する者は、皆そうあるべきなのよ。たとえ少しくらい形が歪《いびつ》だったり、色が地味だったりしても、それは世界に一つのお弁当だからこそなのよ」

真上からの日差しが頭を熱し続けている。クラクラしそうになりながら、何故か子どもの頃のことを思い出した。

毎日親にお弁当を作ってもらっていた友達は、また同じおかずだとか、オシャレじゃないとか言いつつも、やはり笑顔だった。それが自分にとって唯一無二のものであると知っているから。

私はそういうものを味わったことがない。だからユカリさんに関する梅星さんの推理も、頭では理解できるが、どうにも腑《ふ》に落ちない。

それなら私も、私だけの唯一無二のお弁当を作ってみようと思った。

「決めました。私、明日から毎日、玉子焼き入りのお弁当を作ってきます」

「……毎日?」

梅星さんがこちらを振り向く。フェイスパウダーを纏《まと》ったばかりの肌は、暑さに負けず、さらりとした涼しげな白さを見せている。

「あなたにできるかしら。初心者が初めから毎日、完璧を目指すのは過酷なものよ。まずはできそうな日だけにするとか、おかず一品だけ作ってみるとかから始めた方が長続きするかも」

「いえいえ、大丈夫ですよ!　今日の帰り、お弁当箱を買おうと思います」

私は梅星さんの忠告を聞こうともしなかった。そして午後の業務時間中ずっと、どんなお弁当箱を買うかという妄想に明け暮れてしまった。

閑散期《かんさんき》ということもあり、定時ぴったりに業務を終えた私は、大学を出るとさっそく最《も》寄《よ》りのショッピングモールに立ち寄った。

「あれ？　お弁当箱ってどういうお店に売ってるんだっけ」

建物内をさまよったが、どこにあるのか見当もつかなかった。自分で探すことを諦《あきら》めて、インフォメーションセンターで尋ねてみる。

「お弁当箱でしたら、三階の生活雑貨のお店にあると思いますよ」

親切な職員さんに教えてもらい、エスカレーターで三階に向かった。辿《たど》り着いた生活雑貨のお店は、足を踏み入れた瞬間にぱっと視界が華やぐような、色鮮やかでポップな品物に溢れていた。

「わわっ、この猫模様のタオルハンカチ可愛い。こっちのマグカップも」

目的を忘れそうになりながら、店の奥まで進んでいくと、木製の陳列棚にお弁当箱がずらっと並べられていた。大きさもデザインも様々で、目移りしてしまう。

このお店が猫推しなのか、黒猫の顔の形をした大きな一段弁当。

シンプルなステンレス製だが、蓋《ふた》に描かれた赤いドット模様が可愛い二段弁当。

温かみのある木の色と木目《もくめ》が美しい、そら豆型の曲げわっぱの一段弁当。

それから――。

「こ、これは……私の大好きな玉子のお寿司……！」

そのお弁当箱に、私は一瞬にして魅了された。

一見するとプラスチック製のシンプルな二段弁当だ。しかしよく見ると、下段の色は白で、上段は黄色。さらに上段と下段を留《と》めるためのゴムは太めの黒色。メーカーが狙ったのか偶然なのかはわからないが、玉子のお寿司に見えてくる。

卵が大好きな私は、お弁当を作るなら必ず玉子焼きを入れようと前々から思っていた。このお弁箱は私にぴったりだと思えた。

「値段も手頃だし、これにしよう。明日の朝、玉子焼きを作って入れるんだ」

あなたにできるかしら、と言った梅星さんの声が一瞬頭によみがえるが、私に不安は全くなかった。

私が以前から手作りのお弁当に対してどれほどの憧れを抱いていたか、梅星さんは知らないのだ。この想いがあれば、毎日早起きして何品ものおかずを作ることだって、きっとできるに違いないと思った。

できなかった。

前日の夜までの準備は完璧だったのに。お弁当箱とおかずの材料を買い、米を研いで炊飯器のタイマーをセットした。目覚ましのアラームだって、いつもより三十分も早く鳴るように設定した。

翌朝、無意識のうちに私の手はアラームの電源をオフにして二度寝していた。気づいた時にはいつもの起床時間になっていた。

慌てて飛び起き、キッチンに向かうと既《すで》に炊き上がった米のいい匂いが漂っている。これが冬なら心穏やかでいられるが、今は夏だから早く保存しないと腐敗の危機が迫る。

「せめて玉子焼きだけでも……！」

と思って卵をボウルに割り入れた後、玉子焼き用の四角いフライパンを持っていないことに気づく。小さめの普通のフライパンを使うしかなく、やむをえずそれに油を引いてコンロで温める。

具は細切りの紅生姜《べにしょうが》を入れると、昨日から決めていた。赤のアクセントでお弁当全体が華やかになると思ったからだ。実際はもはやお弁当全部を作る時間などないが、玉子焼き一品だけでもしっかり仕上げ、梅星さんに見せたかった。

調味料で味付けした卵液《らんえき》に、目分量で紅生姜を入れて混ぜ込む。そのまま一気に、熱したフライパンへ。

玉子焼きを焼くときは卵液を複数回に分けて入れることを、このときの私は知らなかった。焦げすぎを恐れてコンロの火を弱くすると、玉子が固くなる原因になることも。

それでも、何とかしようと思えば形になるものだ。私の作った初めての玉子焼きは、それなりに玉子焼きの体《てい》をなしているように見えた。少なくともユカリさんのもののように表面がキリン模様になっていたり、中が生焼けになっていたりすることはない。

まな板の上で粗熱《あらねつ》を取り、包丁を入れると紅生姜の鮮やかな赤色の入った断面が現れた。

「これはもしや、完璧なのでは……」

私は嬉々《きき》として玉子焼きをカットした。本当は買ったばかりのお弁当箱に入れたいところだが、玉子焼きだけを入れてもスペースが余りまくってしまうため、小さめのタッパーに詰めていく。

玉子焼きだけだと昼食には足りないが、食堂の定食に玉子焼きを足したらお腹いっぱいになってしまいそうだ。今日は単品の丼物《どんぶりもの》と、今作った玉子焼きでお昼ご飯にしようと決めた。


昼休憩時の食堂にて。

ランチメンバーの集《つど》うテーブルは爆笑の渦に包まれた。タッパーに入れて持ち込んだ私の玉子焼きが、見るも無残な姿に変貌を遂《と》げていたからだ。そこそこ綺麗な黄色だったはずの生地《きじ》に、青カビのような斑点が浮かんできている。

「ちょっと、早く片付けてよっ。食欲が失せる」

「おかしいなー。作りたてのときは美味しそうな色だったのに」

とにかく味は問題ないだろうと、一口食べた直後、私はすぐさまお冷やの入ったグラスに手を伸ばした。塩辛すぎる。塩と醬油でしっかり味付けした卵と、大量に混ぜ込んだ紅生姜の、負の相乗効果だ。

玉子焼きを飲み下すことに苦戦する私を見て、ランチメンバー達は更に手を叩いて笑う。近くを通りかかった学生が、冷めた目で私達を見ながら歩き去っていく。私達よりも学生の方がよほど落ち着いているのではないかと思ってしまう。実際、医科大学には若手の社会人より年上の学生もたくさんいる。

「悔しい……」

昨日の梅星さんの言っていたことが、早くも信じられなくなっていた。いくら自分にとって唯一無二のお弁当でも、失敗作は失敗作だ。不出来な玉子焼きを笑顔で口にしていたユカリさんの気持ちも、ますますわからなくなる。

そのとき。

「あっ、梅星さん？」

ランチメンバーの一人がそう言ったのを聞いて、私は思わず顔を上げる。梅星さんは昼食を終え、食堂を出ていくところのようだった。わざわざ私のいるテーブルの近くを通りかかったのは、私のお弁当の出来を確かめに来たということなのだろう。

予想通り、梅星さんはテーブル上の玉子焼きにちらと視線を向けた。そして。

「……ふふっ」

「鼻で笑う」という表現がこの上なく相応《ふさわ》しい笑い方をして、梅星さんはテーブルを通り過ぎていった。

颯爽《さっそう》と歩き去る背中に向かって、今に見ていろと心の中で啖呵《たんか》を切る。テーブルの方に向き直ろうとしたとき、出入り口付近のカウンター席にいる人物がふと目に留まった。白須さんだった。

「白須さんもこの食堂でご飯食べてるんですね」

「え、玉田さん、今更？」

「いつも一人よね、あの人。友達いないもの」

ランチメンバー達はクスクスと笑い、白須さんの悪口に花を咲かせた。男性職員には甘すぎるほど甘く、女性職員——特に若手や容姿に恵まれた人への態度は姑《しゅうとめ》のごとし。今年主任になったばかりだが、お局《つぼね》への道まっしぐら……云々《うんぬん》。

「白須さん、私にはかなり優しいのですが」

「玉田さんは女子力ないから、女と認識されてないのよ」

失礼極まりない発言だが、大失敗の玉子焼きを披露してしまった以上、ぐうの音《ね》も出ない。

「でもやっぱり、一番に目を付けられてるのはユカリさんだよね」

「同じ三十代半ばで、結婚して子どももいるってところが、嫉妬心を掻き立ててるんだろうね。白須さん、結婚願望強いのに独身だから」

「婚活しまくってるんだよね。ノー残《ざん》の日にオシャレしてパーティー会場に入っていくとこ見た人がいるんだって」

一人カウンター席に座ってご飯を食べる白須さんの横顔からは、何の表情も読み取れない。いつもバッチリメイクだが、お洒落というより武装のようにも見える。

色々と言われているが、白須さんには白須さんの苦労がありそうだ。だからといって、仕事で男性を贔屓《ひいき》したり、特定の人にキツく当たったりするのは許されざることだが。

ユカリさんの玉子焼き問題に白須さんが絡《から》んでいるかはさておき、今は自分の玉子焼きを上手に作りたいという気持ちの方が大きかった。どうして玉子焼きの色があんなにも変わってしまったのだろう。

悶々《もんもん》とした気持ちのまま午後の業務を始めようとしたとき、デスクの上にメッセージ入りのメモが貼られていた。

〈紅生姜入りの玉子焼きの変色を防ぐには、少しだけマヨネーズを入れること〉

まるで明朝体《みんちょうたい》の印字のような、形も大きさも綺麗に整えられた筆跡だ。誰の字だろうと思って周囲を見渡すと、斜向かいの席にいる梅星さんと目が合った。梅星さんは周りに気づかれないよう小さな動作で、私に向かって親指を立てて微笑む。

前にパソコンでチャットをしていたとき、課長に見つかりそうになってヒヤッとしたことを思い出す。だからわざわざ、今回はチャットではなくメモを貼ってくれたのだろうか。私に玉子焼き作りのアドバイスをするために……。

不覚にも、うるっときてしまった。どういう原理で変色を防ぐのかはわからないが、仕事が終わったら自分で調べてみよう。

そして今日は帰りに忘れず、四角いフライパンを買って帰ろう。

仕事帰りに電車で買い物に向かいつつ、スマホで紅生姜入りの玉子焼きが変色する原因について調べてみた。

紅生姜を入れた玉子焼きに青カビのような変色が起きるのは、紅生姜に含まれるアントシアニンと卵白が反応するからだそうだ。アントシアニンにはph《ペーハー》によって変色する性質があって、アルカリ性の卵白と反応すると青緑色になる。だから酸性の調味料を入れて中和させることにより、変色を防ぐことができる。

「マヨネーズに入ってるお酢もレモン汁も酸性なのか……さすが梅星さん」

マヨネーズを入れた玉子焼きは割と一般的らしく、ウェブ上で色々なレシピが掲載されている。今は誰でも気軽に自分のレシピを発信できる時代であり、それぞれのレシピのちょっとした工夫から、その人の背景がうかがえる。

〈野菜嫌いな息子もペロリ！　すりおろしニンジン入りマヨ玉子焼き〉というタイトルでブログにレシピを掲載しているのは、離乳食を終えたばかりのお子さんを育てる主婦。

〈帰宅後十五分で三品ガッツリ晩ご飯〉は、多忙な一人暮らしの会社員。

〈ボリュームたっぷりで家計に優しい、かさ増しレシピ〉は、三世帯十人で暮らす大家族。

梅星さんの言ったことを思い出す。毎日のお弁当にも、ご飯にも、その人の暮らしぶりが如実に表れるのだ。

ショッピングモール内の家電量販店で、四角い玉子焼き用のフライパンを購入した。それともう一つ買いたいものがある。

「全然自炊しないからって、エプロンすら持ってなかったんだよねー」

エプロン売り場を求めて建物内を見て回りながら、どういったものを買うか妄想を膨《ふく》らませる。可愛いデザインも捨てがたいが、洗いやすさや着心地、それに汚れの目立たない色合いであることも大事だ。

エプロンは昨日お弁当箱を買った生活雑貨のお店の片隅で、ハンガーラックに並べて掛けられた状態で売られていた。

そして、そこには思いがけない先客がいた。

「ユカリさん?」

エプロンを選んでいたユカリさんは、私の声に振り向くと、いつもお弁当を食べているときと全く同じ笑顔で「玉田さんもエプロン見に来たの?」と尋ねてきた。

「は、はい。恥ずかしながら、まだ一着も持っていなくて」

「へぇーそうなんだ」

ユカリさんはそれ以上突っ込んだ話はしてこなかった。が、さっき「玉田さんも、」と言ったということは、彼女もエプロンを買いに来たと思って間違いないだろう。

私は疑問を抱かずにはいられなかった。家事歴も長く、毎日お弁当を作っているユカリさんなら、エプロンの一着や二着持っていそうなものだ。古くなったから買い替えるのだろうか。

　気になって自分のエプロンを選ぶことも手につかないでいると、ユカリさんは何も買わないまま「じゃあ、また明日」と売り場を離れようとした。

「買わないんですか？」

「うーん。思ってたようなのがなかったから、別のお店で布を買って自分で作ることにするわ。ちょっと面倒だけど」

　私は思わず、ハンガーラックに掛かった色もデザインも様々なエプロンを見比べる。果物の模様が描かれた可愛いものや、デニム生地でできたカジュアルなもの。肩掛けタイプに首掛けタイプ、腰に巻く前掛けタイプ……。こんなに種類があるのに、ユカリさんは気に入ったものが見つからなかったというのか。

「ああ、もう本当にわかんなくなってきた。いいや。私はこのデニム生地の肩掛けにしようっと」

　私が選んだデニム生地のエプロンは、胸元にワンポイントで可愛いおにぎりマークの刺繡が施《ほどこ》されていた。ごまを混ぜ込んだ三角のおにぎりで、真ん中に赤い梅干しが入っている。

翌朝、二度目の玉子焼き作りに挑戦した。

お弁当全部を作るのは私にとってハードルが高いことがわかったので、今回は最初から玉子焼き一品だけ作るつもりで前の晩に目覚ましをセットした。せっかく買ったお弁当箱はしばらく使えそうにないけれど、おにぎりマークのエプロンを身に着け、後ろで紐《ひも》をきゅっと結ぶ。

ボウルに卵二個を割り入れて、大さじ二分の一くらいのマヨネーズを絞り出す。マヨネーズが全体になじむように菜箸《さいばし》でよく混ぜた後、少量の醬油とみりんを加えてさらに混ぜていく。

その後に細切り紅生姜を入れるのだが、ネットで調べたコツを試してみることにした。味付けした卵液を半分ずつに分け、片方にだけ紅生姜を入れるのだ。

四角いフライパンを中火にかけ、油を引く。十分に温まったら、まず紅生姜の入った方の卵液をお玉一杯分フライパンに流し入れる。

ジュワっという音がして、卵液の底から気泡がぷっくりと湧いてくる。そして——。

「おぉっ、マヨネーズの焼ける匂いがする」

子どもの頃から、焼けたマヨネーズの風味が大好きだった。お好み焼き屋さんとかで、鉄板の上にちょっとはみ出したマヨネーズの香ばしさといったら。

卵が完全に固まる寸前で、奥から手前に向かって巻いていく。巻き終わったら奥に寄せて、さらに卵液を加えて繰り返し焼いていく。

「あとは紅生姜が入っていない方の卵液で外側を巻いていけば……」

ふわふわの玉子焼きの完成だ。

生地の外側には紅生姜が入っていないため、一見すると普通の黄色い玉子焼きに見える。しかし、粗熱のとれた後に包丁で切っていくと、紅生姜入りの断面が現れた。

「昨日より綺麗に切れた。具が入ってない生地で外側をコーティングしてるから、切るときに形が崩れにくくなったんだな」

見た目は完璧だった。梅星さんのアドバイス通りマヨネーズを入れたため、時間が経《た》っても昨日のように変色することはないだろう。だが、問題は味だ。焼いたマヨネーズの味は好きだけど、果たして玉子焼きに合うのか。

端っこの一切れを恐る恐る指先でつまみ、口の中に放り込んでみると。

「ん！　美味しい」

マヨネーズのコクと紅生姜のピリッとした辛みが、絶妙なバランスで互いの味を引き立たせている。他の調味料を控え目にしているため、味が濃くなりすぎたり、混ざってぼやけたりすることもなかった。

もう少し時間をかけて味わいたいところではあるが、家を出る時間が迫っている。急いで残りの玉子焼きをタッパーに詰め込み、出勤の準備をした。


「先輩方。見てください、頑張りましたよーっ」

その日の昼休憩。私がタッパーの蓋《ふた》を開けた瞬間、ランチメンバー達は「おぉーっ」と拍手喝采してくれた。そんな素晴らしい出来栄えでもないけれど、昨日の青カビと見紛《みまが》う物体に比べれば十分すぎるくらいだ。

「でも玉田さん、どうして急に玉子焼きなんて作ってくるようになったの？」

ランチメンバー達が尋ねてくる。そういえば、彼女達にはまだ話していないんだった。ユカリさんの玉子焼きのこと。そして、その謎を巡って私と梅星さんが親しくなりつつあることを。

「ええと、最近お金がピンチだから、自炊始めてみようかなと思って……」

嘘がバレバレだろうか。玉子焼きだけ作って丼物を注文するなら、反《かえ》ってお金がかかってしまう。

「お冷やなくなっちゃったから、貰ってきますね」

いつぞやと同じく、ごまかすようにそう言って席を立った。梅星さん達のいるテーブル席の傍を通りかかったとき、今日もユカリさんのお弁当の中に玉子焼きが入っているのが見えた。

しかし、その玉子焼きが昨日までと少し違った。少し表面が焦げているものの、上手くなっているようだった。

「玉田さん。どうしたの、ジロジロ見ちゃって」

私の視線に気づいた梅星さんが、声をかけてくる。その隣でユカリさんはニコニコと玉子焼きを頬張っている。

「いいえ。今日も皆さんのお弁当が美味しそうだなと思って……私も頑張りますね」

そう言ってすぐにテーブルを離れた。

梅星さんは、ユカリさんの玉子焼きの変化に気づいているだろうか。

次の日、また次の日と、ユカリさんの玉子焼きは少しずつまともになっているようだった。

さらにアレンジの幅も広がってきた。断面が花の形になるように整えられていたり、黄身と白身を分けて水玉模様になるようにしたりと、見た目も日に日に可愛らしくなっていく。

そしてそれはユカリさんだけにあらず、私の方も日に日に玉子焼き作りが楽しくなってきた。

「玉田さん、最近何だか幸せそうね」

ある日の昼休憩終わり、女子トイレの洗面台のところで久しぶりに梅星さんと二人きりになった。

「自分で作る玉子焼きがどんどん綺麗に、美味しくなっていくのが楽しくて。自分が成長できているのが嬉しいんです」

もちろん料理上手な人から見れば、取り立てて幸せを感じるほどのことではないだろう。けれど、生まれてから一度も手作りのお弁当を食べたこともなかった私にとっては、自分の手で作る玉子焼きがとても愛《いと》おしく、どんどん上達していくことが楽しくて仕方ないのだ。

そんな私の様子を見て、梅星さんは何かを思いついたようだった。

「きっとユカリさんも同じ気持ちなのよ。私、彼女の玉子焼きの謎がわかったわ」

「え、同じ？　私とユカリさんが……？」

確かにユカリさんの玉子焼きも、少し前に比べればどんどん出来がよくなってきている。

それを食べているときの彼女の表情も幸せそのものだ。

　だけど私と違って、ユカリさんはもともと玉子焼き作りがとても上手だったと聞いている。それがある日を境に失敗が続くようになったかと思いきや、最近はまた美味しそうな玉子焼きを作ってくるようになった。

「はは。ユカリさんは私と違って、成長したっていうよりも、調子を取り戻したって感じじゃないかな」

　ユカリさんを私なんかと同列に扱うのは何だか申し訳なく思い、へらっと笑いながら否定しようとする。が、梅星さんはそんな私の態度に屈することなくこう言いきった。

「いいえ。ユカリさんのあの玉子焼きも成長なのよ。彼女はそれを喜んでる」

　梅星さんは洗面台に映る自分の顔を真っ直ぐ見ながら、ゴムで髪をきゅっと結い上げる。午後の業務開始が迫っていた。

「来週、私の推理が当たっているかを確かめるために、ちょっとした会合を開いてみることにするわ。玉田さんもいらっしゃい。手作りの玉子焼きを持ってね」

　いったい何をするつもりなんだろう。疑問を振り切るようにして午後の業務に集中していたところ、定時五分前になって教務課全員宛に梅星さんからこんなメールが送信されてきた。

〈職員の皆様と親睦《しんぼく》を深めたく、来週水曜日にランチ会を開催させていただきます！

南館一階のミーティングルームを押さえましたので、ご都合のつく方はお気軽にどうぞ。
※昼食は各自お持ちください。
※ささやかなおもてなしとして、手作りのプリンも用意させていただきます〉

梅星さん主催のランチ会には、二十人強いる教務課のうち十人以上が参加を表明した。前に課長主催で飲み会を開こうとしたときは三人しか集まらずお流れになったこともあるらしいので、それに比べれば今回のランチ会の参加率は素晴らしいものだ。梅星さんの人望のなせるわざだろう。


「わぁーっ、梅星さんのプリン美味しそうー！」

「カラメルがブリュレ風だし、上からホイップクリームも絞ってある」

梅星さんのプリンは、白い小さなココット皿で一人分ずつ作られていた。上面のカラメルは平らに固められ、きつね色の焦げ目が均一についている。中央には小さな渦巻き状にホイップクリームが絞られている。

梅星さんが待つ会場を最初に訪れたのは私。次いで私のいつものランチメンバー達が姿を見せる。

会議用の大テーブルには、それぞれの席に梅星さんのお手製プリンが置かれている。そんな中、次に現れたのは皆にとって予想外の人物だった。

「え、白須さん？」

いつも単独動が定番の白須さんは「まぁ、たまにはと思って……」と言いながら、空いている席をキョロキョロと妙に念入りに見比べ、その中の一つに座った。

ランチメンバー達が、ぴたりと談笑をやめる。いつも皆の輪の中にいない人が一人交ざっただけで、空気は嘘のようによそよそしくなる。そんな中、次に現れたのはいつも通りお弁当入りのミニトートを持ったユカリさんだった。

入室しているのは参加予定者のうち半数ほどで、まだ空席もかなり見られる。しかし、何を思ったのかユカリさんは一直線に白須さんの隣の席に行って座った。

「大丈夫かな、あの二人。仕事中みたいに険悪にならなきゃいいけど……」

ランチメンバーの一人が横から私に耳打ちしてくる。そうこうしている間に参加者が揃い、梅星さんのプリンの効果もあってランチ会はひとまず和気あいあいとした雰囲気で始まった。

「玉田さんは自作のおにぎり？　かなり大きいけど美味しそう」

梅星さんの一言で、参加者十人強の視線が一斉に、ラップに包まれた私のおにぎりに向けられる。

「えへへ。玉子焼きとお魚ハンバーグで、スパムおにぎり風にしてみたんです」

あれから私の玉子焼きバリエーションも順調に増えてきている。

今日作って持ってきたのは、俵《たわら》型のご飯の上に玉子焼きと魚肉《ぎょにく》ハンバーグを載せ、玉子焼きのお寿司のように細切りの海苔《のり》でくるりと巻いた一品だ。

玉子焼きは甘めに味付けしているので、魚肉ハンバーグの塩気が程よく和《やわ》らげられて、自画自賛できる味に仕上がっていた。

「最初は青カビの玉子焼きだったのにね」

「もう、それはなかったことにしてくださいよ！」

私とランチメンバーのやり取りを聞いて、参加者達はどっと笑う。「青カビ？」「どういうことー？」と質問攻めにされ、自然と私が例の黒歴史を白状する雰囲気になっていった。

しかし、今まで全く口を開かなかった人物の一言が、会話の流れをぴしゃりと中断させた。

「ねぇ、ユカリさんのそれは何なの？」

盛り上がっていた皆が、あぁ、と声には出さず頭を抱《かか》えるようなしぐさをする。声を上げたのは白須さんに他ならなかった。コンビニ弁当を食べている最中の箸の先を、隣にいるユカリさんのお弁当箱の方に向ける。

「ええと……玉子焼きですけど」

「うっそー！　全然形になってないから、スクランブルエッグかと思っちゃった」

ユカリさんが白須さんの隣の席に座ったときから、私達がずっと恐れていた事態が現実になってしまった。皆、自分がターゲットになったわけでもないのに、ユカリさんに対する心配で顔が青ざめている。

だけど私が感じたのは、ユカリさんへの心配だけではなかった。白須さんに対する怒りだ。

朝早起きして、おかずを作り、箱に詰める。経験のない人にとっては簡単なことのように思えるかもしれない。けれど、一度でもお弁当を作ったことのある人なら、人の玉子焼きが少しくらい歪だからって笑う気など起きないはずだ。

コンビニ弁当の、形も焼き目も美しい玉子焼きを、白須さんはこれ見よがしに口に運ぶ。

一言物申してやろうと身を乗り出しかけた私を、横から梅星さんが腕で制した。

「梅星さん」

「大丈夫……よく見てなさい」

「え？」

梅星さんにたしなめられ、再び白須さんとユカリさんに目を向ける。

ユカリさんは笑っていた。前々から失敗作の玉子焼きを毎日持ってきていたときと同じように。

そして、その理由が、彼女の白須さんへの返答で全て明らかになった。

「あはは。最近上達してきたから、だし巻き玉子に挑戦したら、水分が多くて失敗しちゃったのよ——娘が」

嘲笑《ちようしよう》を浮かべていた白須さんの顔が、一瞬にして梅干しみたいに真っ赤になる。

「はぁ!?」

ユカリさんのお弁当に毎日入っていた玉子焼きは、彼女でなく娘さんが作ったものだったのだ。横目で梅星さんの様子をうかがうと、何も言わずただ満足そうに微笑んでいた。

先日、玉子焼き作りが楽しくなってきた私に向かって、梅星さんが言った言葉を思い出す。

『ユカリさんのあの玉子焼きも成長なのよ。彼女はそれを喜んでる』

梅星さんは本当に、ユカリさんの玉子焼きの秘密に気づいていたのだ。最初は目も当てられない出来だったものが、だんだん上手になっていったのは、娘さんの毎日の成長の軌跡だ。

その背景を知ったとたん、今ユカリさんのお弁当に入っている玉子焼きが、とても素晴らしいもののように見えてきた。白須さんの言うとおり形は歪で、ユカリさんが箸でつかもうとしたとたんにボロボロと崩れている。けれど、ユカリさんは満面の笑みだ。誰に何を言われても、ユカリさんにとってこの玉子焼きは失敗作ではないのだ。

「実は、上の子が二学期に小学校の調理実習で玉子焼きを作る予定みたいでね。クラスの気になる男の子にいいところ見せたいからって、毎日家で練習するようになっちゃって」

「わぁー、そうだったんですね」

「この間、エプロンも布から作ってあげたのよ」

エプロン売り場で鉢合《はちあ》わせたとき、ユカリさんは「思ってたようなのがなかった」と言って何も買わずに去ってしまった。思い返してみると、あの売り場は大人用のエプロンはたくさんあったが、子ども用はほとんど置いていなかった気がする。

皆の話題はユカリさんの娘さんのことで持ち切りとなった。初めのうちは卵の殻《から》を割ることにすら苦戦して、完成した玉子焼きにも細かい殻がたくさん入ってしまったこと。失敗しすぎて冷蔵庫の卵のストックがなくなり、「今日はもうおしまい」と伝えたら、凄い勢いで泣きだしてしまったこと。微笑ましい話ばかりだ。

嫌みを言った白須さんは、すっかり蚊帳《かや》の外に置かれている。ざまぁみろ、と私は心の中で白須さんに向かって舌を出した。

ランチ会の数日後。

「え？　白須さんってプリン好きなんですか？」

たまには大学の外でランチしないかと梅星さんに誘われ、一緒に近くのカフェに来ていた。デザートに注文したクレームブリュレは、ランチ会で梅星さんが振る舞ってくれたのと同じように、カラメルの上にホイップクリームが絞られている。

「そうよ。白須さん、いつも食堂のプリン食べているんだもの。それで、私のランチ会でもプリンを用意したら来てくれるかなと思って。案の定、白須さんったら部屋に入ってくるなりプリンを見比べて、一番クリームが多く載ってるのを選んだ」

梅星さんはクリームのついた口元をほころばせてそう言った。白須さんがランチ会に来るように仕向けたのは、梅星さんによる作戦だったのだ。彼女が参加すれば必ずユカリさんの玉子焼きについて嫌みを言い、そこで全てが明らかになるだろう――と。

「だけどまさか、ユカリさんがお弁当に歪な玉子焼きを入れていた理由が、娘さんの料理の練習だったなんて驚いちゃったよ」

「んー……」

私は梅星さんの名推理を賞賛したつもりだったが、何故か彼女は浮かない顔だ。

実は、梅星さんの推理には、まだ少しだけ続きがあった。

「ユカリさんの玉子焼きの出来が悪かった理由は、娘さんが作っていたから。それは確かに事実よね。だけど……それじゃあ、ユカリさんが毎日その玉子焼きを自分のお弁当に入れてきた理由は？」

「え……？」

「ユカリさん、ランチ会のときも娘さんの玉子焼きをお弁当に入れてきて……そしてわざわざ白須さんの隣の席に座った」

「……」

「その前にも、あなたが彼女の玉子焼きを見ていたとき、彼女ニッコリ笑って『どうかした？』ってあなたに尋ねた。まるで玉子焼きのことを聞いてくるのを待ち望んでいるかのように」

まさか。

玉子焼きを作ったのが娘さんだと知ったときよりもずっと大きな衝撃が私を襲った。ユカリさんは、娘さんの成長を職場で言いたくてたまらなかったのだ。だから毎日、玉子焼きをお弁当に入れて持参した。

しかも、ランチ会での彼女の言動からして、ユカリさんが娘さんの玉子焼きを見せつけたかった一番の相手は、彼女にとって天敵の——。

「ユカリさん、白須さんに対する怒りがよほど溜まっていたみたいね。婚活で苦戦している彼女相手に、あんな笑顔で娘さんの話を披露するんだから」

娘さんの成長は微笑ましいものだ。けれど、職場の大人同士の人間関係は、玉子焼きのようにホッコリというわけにはいかないらしい。

「毎日のお弁当には、その人の暮らしぶりが如実に表れる」

いつだったか口にしていた言葉を、梅星さんは再び言った。気のせいか、前よりも表情が険《けわ》しいような気がした。やっと玉子焼きの謎が解けたのに。

梅星さんは食べかけのクレームブリュレに視線を落としたまま、それなのに、ここではないどこか遠くを見つめるような目をしてこう呟いた。

「美味しいご飯を作ること、食べることをただ楽しむだけで十分幸せになれるはずなのに、それ以外の意図や策略を持ってお弁当を作る人が、あまりに多すぎる……」

「意図や策略……？」

梅星さんはそれ以上何かを語ろうとはしなかった。視線を上げ、少しだけ和らいだ顔を私の方に向けて言った。

「玉田さんのお弁当は、邪念がなくて本当に素敵だと思うわ。今度、私にも作ってね」

「はは……了解です」

お弁当の裏に、作り手の隠された意図を読み取ろうとする、弁当探偵の梅星さん。いったい今度は誰のどんなお弁当に目を付けるのか。

そして、お弁当作りの楽しさに目覚めた私は、これからも梅星さんいわく「邪念のない」お弁当を作っていく。もしかするとそれが、今回みたいに梅星さんの推理に何かヒントになるかもしれないしね。

第二話

誰のための魚弁当

私がその学生を気に留《と》めた理由は、ささいなことだった。毎日、職員・学生食堂で持参した手作りのお弁当を食べているからだ。

食堂は持ち込み自由で、お弁当やコンビニで買ったものを持ってきている人も多い。けれど男子学生で毎日手作りのお弁当を食べているのは、私が知る限り彼だけだ。

自分の大学時代を思い返してみると、手作りのお弁当を持ってきている女子は結構いた。高校時代から引き続き親に作ってもらっている子や、進学を機に自分で作るようになったという子。けれどやはり、男子にそういう子はいなかった。

男子大学生の手作り弁当持参は「ナシ」だという、暗黙の認識。ジェンダーフリーが推進されつつある今も、それは変わらないのかもしれない。

それはともかく。

「はぁ、今日も美味《おい》しそう……」

壁付けのカウンター席にいるその学生の傍《そば》をさりげなく通り過ぎ、お弁当をチェックする。これが最近の私の日課になりつつある。

弁当箱はいつも同じで、大きめ一段の曲げわっぱだ。半分を占める白米の上に海苔《のり》と、脂《あぶら》の照った銀鮭《ぎんじやけ》。もう半分は玉子焼きの他、大豆とひじきの煮物や小松菜《こまつな》のピーナッツ和《あ》えなどが彩りよく詰められている。

「玉田《たまだ》さん、あの子が気になるの？　若そうだし一回生かな」

「へ？　いやいやいや、別にそういうのではなくて」

「早くしないとテーブル席埋まっちゃうよ。この時期は人多いから」

医科大学の九月はなかなかに忙しい。学生の夏休みが終わり、窓口対応が急増する。卒業試験の準備が大詰めを迎え、かつ来年度に向けての動きも始まってくる。

そんな時期だからこそ、昼休憩は身体と心をリフレッシュできる貴重な時間だ。

「玉田さんのお弁当、どんどんクオリティ上がってるよね」

ランチメンバーの一人がぽろっとこぼした一言が、午前中の業務の疲労を吹き飛ばした。

「ほ、本当ですか？　今日はね、秋の訪れをテーマに頑張ってみました！」

舞い上がった私は普段の倍くらいの早口で、今日のお弁当のポイントを解説する。

少量の塩だけで味付けして炊いたサツマイモご飯。豚肉と舞茸《まいたけ》のバターポン酢炒《いた》め。冷凍枝豆とツナのサラダ。そしてすっかり定番となった、紅生姜《べにしょうが》入りの玉子焼き。

「玉子焼きはどんどん上達してるし、全体的な彩りも綺麗」

「うーん、だけど……」

私の浮かれ気分が最高潮に達しようとしたとき、それまで黙って話を聞いていたランチメンバーの一人——辛藤《しんとう》さんが、ぽつりとこう言った。

「何かレパートリーに乏《とぼ》しい気がする」

私のお弁当を褒《ほ》めていた他二人が、箸《はし》を止めてぎょっとした目で辛藤さんの方を見る。それ言っちゃダメでしょ、と訴えているような目だった。辛藤さんは素知らぬ顔で、食堂名物の激辛《げきから》カレーを口に運ぶ。職員の間で「辛口辛党の辛藤」という異名《いみょう》を持つ彼女は、皆が思っているけど口に出せない事実を、普段から平然と言ってのける。

辛辣《しんらつ》ではあるものの、辛藤さんの発言は的《まと》を射ていることが多い。きっと私のお弁当も、毎日どこか似たり寄ったりなのだ。

「ええと……あ、私お冷やのお代わり取ってきます！」

ここは他の人達を参考にするしかない。私はお冷やを取りに行くふりをして、視界に入るお弁当を観察していった。けれど、あの弁当男子学生以上に興味を惹《ひ》かれるお弁当は見つけられそうもなかった。

改めて弁当男子がいるカウンター席に視線を向ける。

すると、彼の背後に私のよく知っている人物が立っていた。

「梅星《うめほし》さんだ」

梅星さんは見ていた。弁当男子の後ろから悪びれもせず、彼のお弁当をまじまじと。

有名企業の正社員から大学の派遣職員に転職し、なぜかいつも色々な人のお弁当を観察している、謎の多い梅星さん。

　彼女は毎日のお弁当からその人の背後にある事実を解き明かす「弁当探偵」なのだ。

「梅星さんっ。今日、学生さんのお弁当を見てたでしょ」

　私が目を付けたお弁当に、梅星さんも興味を持った。それが何だか嬉しくて、私は休憩終わりの女子更衣室で彼女を見るなり声をかけた。いつも通りフェイスパウダーを軽くはたくだけで化粧直しを終えた梅星さんは、私に涼しげな視線を向けてこう言った。

「その様子だと、あなたも彼のお弁当に興味があるようね」

「はい。だって凄《すご》く美味しそうだし、それに男子学生で手作りのお弁当を持ってきてる子って珍しいなと思って」

　梅星さんの涼やかな目が丸くなることを、私は期待していた。そこに目をつけるなんて、あなたにも弁当探偵の素質があるようね――なんて言われるかと思いきや。

「甘いわね。気になるのはそれだけじゃないわ」

「えぇ？」

　梅星さんの目は丸くなるどころか、鋭さを増してぎらりと光ったように見えた。探偵モードとなった梅星さんは、弁当男子とそのお弁当についての考察を私に披露《ひろう》し始めた。

「まず妙なのは、あの子が食堂を訪れる時間帯ね。毎日十二時過ぎに現れているようだわ。学生の三限目が終わって昼休みが始まるのは十二時二十分なのに、それより二十分も早く来てるってわけ。医大の授業はほとんどが必須科目だから、毎日三限目が空きコマになるように履修選択することなんてできないのに、いったいどうやって……。それとあの子、お弁当を食べているときの様子もどこか妙だわ。いつも一人でいて、誰かと挨拶《あいさつ》を交わしているところすら見たことがない。一匹狼タイプなのかとも思ったけど、どうやらそれも違いそう。だってあの子、頻繁《ひんぱん》に辺りを見渡して、他の学生達の様子をうかがっているもの。この間は、実習と試験ばかりで疲れるーって嘆《なげ》いてる学生グループの方をじっと見て、会話を聞いていたようだったわ。友達になりたいのか、他の目的があるのかはわからないけどね。そして何より謎なのは、あの子のお弁当の内容よ。毎日おかずは変わってるけど、一つ共通点を見つけたわ。メインのおかずは今日が銀鮭、昨日は鯖味噌《さばみそ》、一昨日《おととい》はししゃもの唐揚げ──絶対に肉じゃなくて魚なの。私は今まで色々な人のお弁当を観察してきたけど、毎日メインが魚の人は初めてかも。あの子が相当の魚好きなのか、それとも他に理由があるのか。理由があるとしたら、それは彼の食堂を訪れる時間帯や、食事中の不可解な行動とも関係するのか。ああ、もう気になって午後の業務に集中できそうにないわ。まさに謎が謎を呼ぶミステリー──」

「梅星さん、ストップ、ストーップ！　お昼休み終わっちゃいますよ！」

私と同じ人物のお弁当に目を付けていても、梅星さんの観察眼は私の比ではなかった。

思わず止めにかかった私だが、梅星さんの話を聞いて、弁当男子の件とは全く関係のないことを閃《ひらめ》いてしまった。

「そうか、魚を入れればいいんだ」

ついさっき辛藤さんから指摘された、お弁当のレパートリーの少なさについて。

私はお弁当に魚を入れたことがなかった。これといった理由があるわけではないのに、メインのおかずはお手頃価格の豚肉か鶏肉《とりにく》を使ったものばかりになっていた。

「梅星さん。私も明日から、あの弁当男子に倣《なら》って魚のおかずを作ってきます」

「あなたにできるかしら」

「大丈夫ですよ！　私、最近お弁当作りがどんどん上達してるんです。今日もランチ仲間に褒められたんですよ」

辛藤さんからダメ出しを喰らったことは、梅星さんには隠しておこう。そんなずるい考えが頭をよぎったとき、梅星さんがロッカーの扉をパタンと閉じて振り向きざまにこう言った。

「やっぱりあなた、甘すぎるわ。まるでサツマイモご飯のようね」

「ひっ?」

梅星さんはいつの間にか、私の今日のお弁当までチェックしていたようだ。

やっぱりこの人のお弁当への執着心は、私なんかを大きく上回っている。事務室まで肩を並べて歩きながらも、私は彼女との間に距離を感じずにはいられなかった。

そしてこのときの私はまだ、知る由《よし》もなかった。魚のおかず入りのお弁当を作ると意気込む私に対して、梅星さんが言った「できるかしら」という言葉の真意を。


午後の時間は慌《あわ》ただしく過ぎ去った。どうにか残業を免《まぬか》れた私は、さっそく明日のお弁当の材料を仕入れるため、自宅近くのスーパーを訪れた。

夕食時だけあって、食品売り場はかなり混み合っていた。入ってすぐの野菜コーナーを抜けると、店の奥の一角が、角を挟む形で魚売り場と肉売り場に分かれている。

いつもは自然と肉売り場に向かうのだが、今日は一度足を止めて二つの売り場を見渡してみる。そしてあることに気づく。肉売り場に比べ、魚売り場を訪れる人の数が圧倒的に少ないのだ。

「日本人の魚離れって聞いたことあるけど、本当なんだな」

どうして魚を食べる人が減っているんだろう。自分も昨日までその中の一人だったにもかかわらず、他人事のような疑問を抱きながら、魚売り場に足を運ぶ。

発泡トレーに入れられて並べてある商品を見た瞬間、抱いたばかりの疑問が解消された。

「た、高いっ……！」

初めて目にする生魚の値段に、私は恐れおののいた。

私がいつも買っている豚肉や鶏肉よりも明らかに少量なのに、値段は上回っているものばかり。魚離れが進むのももっともだ。

「やっぱりお給料日までは肉にしようかな」

売り場を離れようとした私だったが、そのとき不意に、他より大きめの値札シールが貼られたトレーを見つけた。魚に呼び戻されている気持ちになり、再び値段を見てみる。

〈今が旬《しゅん》！　超特価!!　千葉県産　真《ま》イワシ　一九八円〉

目をぱちぱちしたり、こすったりして、値段が見間違いでないことを何度も確認した。

確かに一九八円と書かれてある。中身は、小ぶりながらもお腹《なか》がぷっくりとしたイワシが六尾も。

やっぱり魚は私を呼んでいた。黒く澄んだイワシの瞳と視線が合い、躊躇《ためら》いなくトレーを買い物かごに入れる。全ての魚が高額なわけではないし、野菜と同じように旬のものはお買い得になるのだ。

「これで明日のお弁当は決まりね」

スマホでレシピサイトにアクセスし、〈イワシ・お弁当・簡単〉で検索をかけると、たくさんの美味しそうな写真がずらりと表示される。

できるだけ他の食材を買い足さずに作れるものがいい。そう思いながら、気になったメニューの詳細画面で材料をチェックしていく。

「よし、イワシのピカタにしよう」

選んだレシピをお気に入りに保存する。材料はイワシの他に小麦粉、卵、塩コショウのみ。しかもピカタは豚肉で何度か作ったこともある。

「合計一点で一九八円です。ポイントカードはお持ちでしょうか」

「あ、はい」

最近作ったばかりの、スーパーの会員カードを店員さんに手渡す。ポイントが貯まるだけでなく、電子マネーの機能がついたプリペイドカードでもある。

梅星さんに出会うまでは、自分が日常的に自炊するようになるなんて考えられなかった。お弁当どころか夕食もコンビニ弁当や外食ばかりだった。

そんな私が、生魚を買って調理しようとしている。梅星さんは「できるかしら」なんて半信半疑の様子だったけれど、自分の急成長を実感する中、今の私なら何だってできるという自信があった。

自信は帰宅後、十分足らずで儚《はかな》くも砕け散った。

「あれ？　これって、どうすればいいんだっけ」

木製のまな板の上に、トレーから出したばかりのイワシが六匹並んでいる。私を見上げる六つの澄んだ瞳。

一方で、キッチン台の端に置いたスマホの画面を見る。レシピの工程はシンプルな一文で始まっていた。

〈一．イワシを手開きする〉

どうすればいいか全くわからず、一度レシピを閉じて急遽《きゅうきょ》〈イワシの手開き〉で検索する。すぐにわかりやすそうな実演動画が見つかって安心したのも束《つか》の間《ま》、そこからは波乱の連続となった。

まず表面のうろこを取るということだが、動画を見ても包丁で軽く撫でているようにしか見えない。私も同じように尻尾から頭に向かって包丁を滑らせてみたものの。

「これで本当に取れてるのかな……」

続いて胸びれの下に包丁を入れ、頭を落とす。先に動画を見ていたので、ある程度の血が出ることは覚悟していたのだが。

「ぎゃあぁーっ！　どうしてこんなに出てくるの？」

プリプリの身に包丁の先端を入れ、えいやっと力を入れた瞬間、溢《あふ》れ出した鮮血がまな板の木目《もくめ》を赤く染めた。動画とは比べ物にならないほどの量だった。

「この動画、インチキなんじゃないの」

それとも私の切り方がよほど悪かったのか。とにかくキッチンペーパーで血を拭《ふ》き取り、次の工程に入る。包丁を寝かせてイワシのお腹に切れ目を入れ、内臓を取り出したらボウルに入れた塩水で洗う。

「おぉっ。これは結構いい感じになってきたのでは？」

塩水の濃度をどのくらいにするかわからなかったため、そこは適当にしてしまったものの、水から引き上げたイワシは血と内臓が綺麗に取り除かれているように見えた。

再びキッチンペーパーで水気を拭きとり、親指を腹の中に入れて一気に開く。

「あとは骨さえ取れれば……！」

目を見開いて動画を凝視《ぎょうし》し、見よう見まねで中骨、背骨を指でつまんで取っていく。レシピには〈所要時間：十分以下〉と書かれてあるが、私はたった一尾で二十分以上かかってしまった。

「これじゃ、六尾終わらせるには深夜までかかっちゃうよ」

日本人の魚離れは、どうやら魚の値段だけが原因ではないようだ。トレーから出してすぐに調理できる肉と違い、下処理に時間がかかりすぎる。

それでも、数をこなすうちにペースは上がるものだ。何とか六尾を一時間ちょっとで終わらせ、ようやくピカタづくりに取りかかる。開いたイワシに塩コショウで下味をつけ、小麦粉をまぶして溶き卵にくぐらせる。

あとは多めの油で、両面を焼けばあっという間に完成だ。

「できたぁー、美味しそう！」

部屋の掛け時計を見上げたのと、私のお腹が音を立てたのはほとんど同時だった。時刻は九時を回っている。明日のお弁当のおかず作りに必死で、今日の晩ご飯のことをすっかり忘れていた。

「よし。六枚もあるんだし、出来たてだし、晩ご飯もこれにしちゃおう」

ピカタ二枚と、買い置きのカット野菜を皿に盛る。冷凍保存しておいたご飯をレンジに入れ、インスタントの味噌汁も用意する。

まだ一食ごとにおかず一品を作るのに精いっぱいだが、完成した晩ご飯は自分なりに満足のいく出来だった。肝心の味の方も、

「うん！　卵の衣《ころも》も、イワシの身もふわっふわ！」

焼きたてのピカタは表面の衣がサクッと香ばしく、それでいて衣の内側や魚の身は舌の上でほどけるような柔らかさだった。噛めば噛むほど、口の中にジュワっと熱々のイワシの旨《うま》みが広がっていく。

塩コショウだけの素朴な味もいいが、明日お弁当に入れるときは半分にケチャップをかけて、色々な味を楽しめるようにしよう。

「ふふっ。明日これを見たときの、辛藤さんや梅星さんの驚く顔が目に浮かぶなぁ」

私はたった一日にして、日本人の魚離れに打ち勝った――かのように思われた。

けれど翌日、私は初めて玉子焼きを作ったときに匹敵するほどの悲劇に襲われることになる。魚が高額だとか、下処理が大変だとかいうこととは関係なく、お弁当に魚を入れる人が少数派である理由を私は思い知るのだった。

イワシのピカタが詰め込まれた私のお弁当の蓋《ふた》が開いたとたん、私はランチメンバーから一斉にブーイングを浴びた。

テーブル全体に、酷《ひど》い「イワシ臭《しゅう》」が広がったからだ。

「ちょっと、早く蓋してよ！　食欲が失せる」

「ご、ご、ごめんなさぁーい……」

以前に青カビの生えたような玉子焼きを披露してしまったときと同じくらい、いやそれ以上に皆不快な表情をして鼻をつまんでいた。

「どうして急に魚なんて入れようと思ったの？」

「レパートリーの乏しさを解決できないかと……」

辛藤さんの方に視線を送ったが、鼻をつまんだまま、ふいっと顔をそむけられてしまった。彼女をあっと言わせようという計画だったのに、踏んだり蹴ったりだ。

梅星さんから言われた「あなたにできるかしら」という忠告の意味をようやく理解する。魚をお弁当のおかずにするのは、料理初心者にとってはハードルが高すぎた。

「毎日お弁当に魚を入れてる人って凄いんだなぁ」

などと言いつつ、視線は自然と例の弁当男子のいる席の方に向かっていた。

今日も壁付けカウンター席で、こちらに背を向けてポツンと座っている。そして前に梅星さんが言っていたように、ときどき首だけで振り向いて周りの学生達の様子をうかがっているようだ。

私の主観ではあるものの、医学生の外見は両極端に分かれているように見える。髪を明るく染めたり、バッチリメイクしたりしたイケイケの兄ちゃん姉ちゃんか、あるいは受験生がそのまま大学生になったような、お洒落に関心のなさそうな子か。

弁当男子は後者のタイプに見えた。一人で座っている無地の黒Tシャツの背中には、何ともいえない哀愁が漂っている。毎日あんなに美味しそうなお弁当を食べているのに、Tシャツの袖《そで》から出ている腕は、骨が浮きそうなくらい痩《や》せている。

梅星さんも彼に謎を感じていた。あの子はいったい何者なんだろう。

昼食後、口の中まで魚臭《くさ》くなっていないかと不安を抱いた私は、口臭ケア用のタブレットを求めて大学内のコンビニへと走った。

買ったばかりのタブレットを舌の上で転がしながら事務室に戻ると、デスクの上に既視《きし》感《かん》のある手書きのメッセージメモが貼られてあった。

〈魚の臭みを消すには、海水と同じ濃度の塩水で洗うこと〉

明朝体《みんちょうたい》の印字のような端正な文字。間違いなく梅星さんだ。以前、紅生姜入りの玉子焼きが青カビのように変色してしまったときも、同じように助言入りのメモを貼ってくれていたことを思い出す。

そしてさらに、今回のメモにはまだ続きがあった。

〈魚のおかずを作る中で、例の学生さんの謎について手掛かりが得られるかも。何かギョッとする真実が隠されているような予感がするわ……魚だけにね！〉

これまた玉子焼きのときと同じように、魚にちなんで上手《うま》いこと言おうとする梅星さん。クールそうに見えて実はベタな親父ギャグが好きなのだろうか。業務中に言っているところは見たことがないけれど。


その日の退勤後、私はリベンジを図るべく、再びスーパーで六尾入り一九八円のイワシパックを購入して帰宅した。

「ええと、海水と同じにするには、塩水の濃度を三パーセントにする……か」

昨日下処理をしたとき、塩の量を適当にしてしまったのが臭みの原因だったのだ。

スマホで三パーセントの塩水の作り方を調べたところ、一リットルの水に対して三十グラムの塩を入れればいいらしい。さっそく計量カップで水を測り、ボウルに注ぐ。

「塩三十グラムって大さじいくらになるんだろう」

それもスマホで調べればすぐに解決した。自分がこれほど前向きな気持ちでキッチンに立てていることに、自分自身が驚いていた。

「私がこんな風に料理してるって知ったら、お父さんとお母さん驚くだろうな」

お盆で一度帰省したときは、まだお弁当作りを始めて間もない頃だった。

家族にはそれぞれ家庭の味というものがあって、料理は親から子に受け継がれるものだと、これまでの私は何となく思っていた。料理をしない家の子として育った私は、料理をしない大人になるだろうと。

けれど、そんなことは気持ち次第でいくらでも変えられるのかもしれない。希望が垣間《かいま》見えると同時に、両親との間に物理的な距離以上の隔《へだ》たりを感じてしまう。寂しさを振り切るように、私はエプロンの紐《ひも》を後ろ手できゅっと締め直した。

「今日はメニューも、臭《にお》いを抑えられそうなものにしてみよう」

冷蔵庫からチューブ入りの生姜《しょうが》を取り出す。生姜焼きや鶏そぼろなど、肉のおかずを作るときにも重宝しているものだ。

今日作ることにしたのはイワシのかば焼きだ。六尾分の下処理は、昨日の半分くらいの時間で済ませることができた。三パーセントの塩水で洗い、キッチンペーパーで水気を拭き取ったら、薄く片栗粉をまぶす。

油を熱したフライパンに、開いたイワシの身の部分を下にして並べ入れる。身と油の触れた部分から、細かな泡が湧き出ては消えていく。

「あ、いけない。タレ作るの忘れてた」

一度火を止めておき、ボウルに酒、みりん、砂糖、醤油を入れ、そしてチューブから生姜を多めに絞り出して混ぜ合わせる。フライパンに回しかけ、弱火にかけると、甘辛い香りがふつふつと部屋の空気に浸透していった。

「はぁー、幸せな香りだ」

徐々に煮えてとろみのついたタレを、スプーンでイワシにかけながら全体をなじませていく。ジュウジュウという小雨《こさめ》のような音の中で、私は昔のことを思い出していた。

子どもの頃の私は、決して不幸せではなかった。親が料理をしなくても、コンビニやスーパーのお惣菜は美味しいし、栄養面だって問題なかったはずだ。

だからこそ、料理をする理由を今まで考えたこともなかった。きっと人それぞれではあるのだろう。家計節約のためという人も、自分の味が一番美味しく感じるからという人も。時代錯誤と言われようが、女子力を磨きたいという人も。

今の私はたぶん、心の滋養のために料理をしている。慌ただしく過ぎ去る新社会人生活の中で、料理をしている間は時間がゆっくり流れてくれるのだ。

翌日、私は午前の業務を終え、清々《すがすが》しい気持ちでイワシのかば焼き弁当にありつく——はずだったのだが。

「玉田さん。午前中にあった運動器の本試験、あなたが印刷したんだったよね」

「え？　はい、そうですけど」

ちょっと来てほしいと課長に連れ出され、運動器の授業を担当している整形外科《げか》学講座の教授の部屋を訪れた。入り口のインターホンを押すと秘書さんが笑顔で迎え入れてくれたが、奥ではタバコの臭いが充満した部屋で、教授が頭を抱《かか》えるようにして応接スペースのソファに座っていた。

「先生、この度《たび》は大変申し訳ありませんでした」

課長が深々と頭を下げ、何が何だかわからないまま私も同じようにする。

「座って」

教授は頭を抱えたまま、目だけで私の方を見たが、すぐに視線をローテーブルの上に落とす。そこには私が印刷した試験の問題冊子《さっし》が置かれていた。

ローテーブルを挟んで教授の向かい側に、私と課長は並んで腰を下ろした。

「これを見なさい。一冊だけ最後のページに落丁《らくちょう》があったのよ」

テーブルに置かれた問題冊子は三十ページで終わっているが、本来は三十二ページなければならない。印刷した後、入念にチェックしたはずなのに、こんなミスをしてしまうなんて。

「ごめんなさい。あの、試験はどうなったんですか」

「この冊子を配られた学生は、試験終了直前になるまで落丁に気づかなかったみたい。慌てて試験監督に声をかけたんだけど、問題を解けるだけの時間は残っていなかった。もちろん落丁のなかった他の学生達はその問題を解いているわ」

自分のミスのせいで、一人だけ問題数の少ない冊子が配られてしまった。

教授はどうすれば公平に成績をつけることができるかという点で困っていた。最後のページの問題を加味して成績を出せば、落丁のあった学生が不利になる。かといって、では最後のページの問題を不問にすれば、それはそれで他の学生達からクレームが出るだろう。その問題に時間と労力を割いた学生もいるはずだ。

八方塞《ふさ》がりかと思ったそのとき、課長が一つの案を出した。

「教授。得点ではなく正答率で成績をつけてはいかがですか。落丁のあった学生は最後のページを含めず、他の学生は含めて正答率を出せば、ある程度公平になるかと」

教授が顔を上げる。ズボンのポケットからタバコの箱を出し、一本に火をつけた。横を向いてゆっくり吸って吐いた後、テーブル上の灰皿にぐりぐりと吸い殻《がら》を押しつけながら「うーん……」と考え込むように低く呻《うめ》いた。

そして。

「そうするしかなさそうだね。学生には私から説明するので、今後の対策を考えて」

課長が立ち上がってまた頭を下げる。

私も慌てて右に倣ったが、気が気ではなかった。課長が上手く対処し、教授が納得してくれたからよかったものの、大事になりかねないミスだったことに変わりない。

タバコの臭いと陰鬱《いんうつ》な気分を纏《まと》った状態で、昼休憩に入ることとなった。


ランチメンバーに「ちょっと用事があって」と言い、私は一人、お弁当入りのミニトートを持って学舎の外に出た。本当は用事なんてない。ただ一人になりたかったのだ。

「はぁ、情けないなぁ……」

芝生が広がる中庭のベンチに腰を下ろす。膝《ひざ》の上にミニトートを置きながらも、せっかく作ったお弁当を開く気にすらなれずにいる。

九月といってもまだ昼時は残暑が厳しい。一応ベンチは木の陰に隠れているものの、ぎらつく日差しが葉と葉の間から差し込んでくる。

「玉田さん。どうしたの、そんな暑そうなところで」

「え……あっ、梅星さん」

横から名前を呼ばれてそちらを向くと、珍しくミニトートと共にベーカリーの袋を手に下げた梅星さんが立っていた。

「梅星さんこそ、どうしたんですか」

「今日はお弁当を作れなかったから、附属病院内のパン屋さんでお昼を買ってきたのよ。それで学舎に戻る途中にあなたの姿を見つけたってわけ」

「そ、そうなんですね」

私は呆気《あっけ》にとられながら、ふんわりと小麦の香りが漂ってくる袋を眺めた。理由はわからないけど、梅星さんでもお弁当を作れないときがあるのか。

「嫌じゃなかったら一緒にお昼しない？　他の人と顔合わせる気分じゃないなら、どこかの空き教室に行けばいいし」

「はい。是非」

私の元気がないことを、梅星さんは何となく察してくれたようだった。

学舎の片隅にある小会議室に忍び込むと、梅星さんは勝手に冷房のスイッチまでオンにしてしまった。しかも温暖化対策で設定温度は二十八度と決められているのに、それより三度も低くして。

「勝手に部屋使って大丈夫ですかね」

「大丈夫よ。バレても『急きょ業務上の打ち合わせが必要になって』って言えば許してもらえるわ。私達、普段真面目《まじめ》にしてるから疑われることもないでしょ」

完璧な品行方正かと思っていた梅星さんの意外な一面を見た気がして、何だか嬉しくなってくる。梅星さんがパン屋さんで買ったのはハムとたっぷりのレタスが挟まれたサンドイッチだった。

「美味しそう！　でもそれだけだとお腹空《す》きません？」

梅星さんは手持ちのミニトートからお弁当サイズのタッパーを取り出して「おかずだけは持ってきてるわ」と微笑んだ。

中身は魚のフライだった。粗《あら》めのパン粉を使ったようで、見るからにサクサクの仕上がりだ。蓋つきの小さなソースカップ二個の中には、それぞれケチャップとタルタルソースが入っていた。

「何のお魚ですか」

「イワシよ。スーパーで安売りしてたから」

「えっ！　梅星さんも？」

素敵な偶然を感じながら、私は梅星さんにイワシのかば焼き弁当を見せた。魚臭さばかりが際立《きわだ》った昨日と違い、今日は弁当箱の蓋を開けた瞬間、ほのかな生姜と甘辛いタレの香りが鼻先をくすぐる。よかった、一安心だ。

「やるじゃない、あなたも」

普段クールな梅星さんが、子どもみたいに目を輝かせて私のお弁当を見る。

いつもの私なら浮かれまくるところだろうが、今日はそこまでの元気がなかった。力なく笑う私を見て、梅星さんは何かあったと確信したようだ。

「やっぱり、今日は何だか元気がないわね」

「は、はい……」

「私でよければ話を聞くけど？」

昨日デスクに貼られていた、梅星さんのメモのことを思い出した。お弁当作りに苦戦する私に彼女がくれたさりげないアドバイス。この人になら弱音をこぼしても大丈夫かもしれないと思えた。

「私って子どもの頃から、凄く要領が悪いんですよ」

今日の印刷ミスのようなやらかしは、今に始まったことじゃない。そして私の要領の悪さは、私の両親から受け継いだものでもあった。

「きっと親に似たんですよ。私が子どもの頃、父と母は共働きで毎日朝から晩まで働いて、それなのに家は全然裕福じゃなくて」

父も母も、家のことをまともにしている余裕なんて全くないように見えた。二人して仕事に全てのエネルギーを注力し、ようやく人並みの暮らしができるお給料を得ていたのだ。

「ご両親を恨んでいるの？」

「いえいえ、全然！　家族仲がいいとまではいかなくても、平和ではあったし」

父も母も要領は悪いが、互いを責めて言い争う場面を私は見たことがない。自分があまり何事も上手くできない分、相手にも多くのことを求めない両親だった。だから私が何かを失敗しても、それだけを理由に怒ることはまずなかった。

「素敵なご両親ね。あなたの作るお弁当に邪念がないのは、ご両親から大らかさを受け継いでいるからなのかも」

「えへへ。だけど梅星さんみたいに、何でもテキパキできる人に生まれたかったなって思うこともありますよ」

「あら、私だってミスすることくらいあるわ」

梅星さんは箸でイワシフライの尻尾をつまんで持ち上げ、タルタルソースをたっぷりとつけながら言った。

「実は今日、お弁当を作れなかったのは炊飯器の予約を入れ忘れたからなの」

ご飯を炊けなくて絶望した梅星さんは、せめてフライだけでもという思いで急きょタッパーに詰めて持ってきたらしい。やっぱりお弁当に並々ならぬ執着があるようだが、それが今日は何だか可愛く思えた。

「梅星さんは一人暮らしなんですか？」

「ええ、そうよ。大学入学と同時に始めたから、もう十年以上」

「へぇーっ、凄い」

今日はおかずだけになってしまったものの、梅星さんがいつも持ってきている素敵なお弁当は、努力と経験の積み重ねというわけだ。

「ねぇ、そのかば焼き本当に美味しそう。私のフライと一つ交換しない？」

「喜んで！　……あ、そういえば」

「どうしたの？」

「私、誰かとお弁当のおかずを交換したの、初めてです」

各々《おのおの》のおかずを持つ私と梅星さんの箸が交差する。私のかば焼きが梅星さんのタッパーの中に入り、梅星さんのフライが私のご飯の上に載《の》せられた。

梅星さんのフライは、衣にほんの少し粉チーズを混ぜて作ったそうだ。チーズの塩気と甘めのタルタルソースの相性が絶妙で、何個でも食べたいくらい美味しかった。

ゆっくり時間をかけてお弁当を味わった私と梅星さんは、昼休憩終了の時刻が迫っていることに気づき、慌てて会議室を出た。

事務室に戻る途中、何故か突然、梅星さんが足を止める。

「梅星さん、どうしたんですか」

「しっ！　静かに」

口をつぐんで梅星さんの視線の先を追う。一人の男子学生が、廊下の一番奥のところで一人佇《たたず》んでいた。手に持ったスマホを耳に当てているので、誰かと電話をしているところなのだろう。こちらに背中を向けているが、その姿には見覚えがあった。

「あの子、いつも食堂にいる弁当男子ですよね」

「間違いないわ。気づかれないように近づいて、電話の内容を聞いてみましょう。あの子のお弁当に隠された謎がわかるかも」

弁当探偵の血が騒ぎ始めた梅星さんに腕を引かれ、私も忍び足で彼に近づく。

「今日も午後からガッツリ実習でさ。もう本当に毎日大変だよ」

弁当男子の声を聞くのは初めてだった。食堂ではいつも一人で、学生や先生と挨拶を交わすことすらしていなかったからだ。ただ、きょろきょろと周りの様子をうかがいながら弁当を食べているだけで。

弁当男子は意外と饒舌《じょうぜつ》だった。電話相手に、一方的に大学の授業や先生に対する愚痴を話し続けている。それは私が日頃よく耳にする、学生達の会話と同じようなことばかりだった。実習や課題が多すぎる、先生の融通《ゆうずう》が利《き》かない、云々《うんぬん》。

しかし、続く彼の話を聞いて、私と梅星さんは思わず顔を見合わせた。

「だけど、食堂は本当にどのメニューも美味しくてさ。特に名物の激辛カレーが最高。大学関係者以外も利用できるから、今度ばあちゃんも一緒に行こうよ」

電話の相手は、どうやら彼のおばあさんのようだ。

大学生活について報告しているのだということはわかるが、食堂のメニューのことにまで触れているのは不可解だった。彼は毎日持参のお弁当を食べているのだから、食堂のメニューの味なんてわからないはずだ。

「じゃあ、そろそろ午後の実習が始まるから」

混乱しっぱなしの私だったが、電話を切る直前の彼の言葉を聞いたとたん、梅星さんが「ふうん、そういうことね」と何かを察したように呟《つぶや》いた。何故か自分の腕時計で時刻を確認しながら。

「梅星さん、今の会話だけで何かわかったんですか」

「ええ。おそらくあの子は――」

梅星さんは何か言いかけたが、電話を終えた弁当男子が近づいてきた。「ヤバい、遅刻だ」と独りごちながら、私達の間を足早に通り過ぎる。

そのまま廊下の突き当たりを右に曲がり、彼は姿を消してしまった。

「何だか凄く急いでますね。実習って遅刻に厳しいんでしょうか」

私がぽろっとこぼした疑問に対し、梅星さんは予想外の返事をしてきた。

「彼は実習に行ったわけじゃないわ」

「え？」

「それどころか、おそらくこの大学の学生ですらないはずよ」

梅星さんは彼が去った廊下の突き当たりに視線を向けたまま言った。そして、さっきの電話から得た情報をもとに、弁当男子に関する推理を私に聞かせてくれた。

「前にも話したとおり、あの子がいつも食堂に現れる時刻は十二時過ぎ。そして今、彼は遅刻だと言って走っていったけど、今の時刻は午後一時五分前で、昼休み終了まではまだ時間がある。彼の行動はこの大学の時間割とずれているのよ」

梅星さんはそれを確かめるために、さっき腕時計を見ていたのか。

この大学で学生の昼休みが始まるのは十二時二十分。昼休みが終わるのは午後一時五十分だ。彼がこの大学に通う学生なら、毎日十二時過ぎに食堂に来ることは不可能なはず。また、昼休み終了まであと五十分もあるのに「遅刻だ」なんて慌てるのも変だ。

「それに実習の準備をするなら、白衣に着替えるため学生ロッカーに向かうはずよね。なのに彼は逆の方向――学舎の出入り口の方に走っていったわ」

彼が廊下の突き当たりを曲がる方向にまで、梅星さんは目を光らせていた。遅刻だと言いながら、あの弁当男子は学舎の外に出ていったのだ。

「彼はいったい何者なんでしょう」

「そうね……この大学の真横に、大学受験の予備校があるわ。彼、そこに通う浪人生なんじゃないかしら」

梅星さんの推理はこうだった。

弁当男子は去年この大学を受けて不合格になった浪人生で、再受験に向けて隣の予備校に通っている。しかし、彼の祖母には不合格になったことを隠し、この大学に通っている風を装《よそお》って電話で報告を続けている。

彼が大学内の食堂を訪れている目的は、祖母に嘘の学生生活を語るための情報収集。食堂のメニューや学生達の様子を毎日観察し、さっきの電話のように、あたかも自分のこととして祖母に伝えているのだ。

「酷《ひど》い。家族にそんな大嘘つくなんて」

梅星さんの推理が当たっているなら、彼のしていることは許しがたいと思った。しかし、梅星さんはそんな私の怒りをさらりとかわすようにこう言うのだった。

「玉田さん。嘘をつく人間が皆、悪人というわけではないわ」

「どういうことですか？」

「嘘をつきたくてついているわけじゃない可能性もあるってことよ。あの子も……」

梅星さんは、弁当男子について他にも何か思うことがあるようだった。しかし、彼女はそれ以上深く話そうとせず、「午後の業務が始まる」と言って事務室の方に歩いていってしまう。

もう少し梅星さんと推理をしていたかった。というのも、私にはまだ全く見当のつかないことがある。弁当男子のお弁当に毎日魚が入っている理由についてだ。

自分で魚を調理するようになり、想像以上に色々と大変だということがわかった。下処理の手間がかかるだけでなく、少しやり方を間違えれば生臭さが残ってしまう。

魚を毎日お弁当に入れるメリットは何だろう。その疑問に対し、まだ私は答えを出せずにいる。

私はそれからも毎日、弁当男子のお弁当をチェックし続けた。

いつも同じ曲げわっぱの弁当箱。そしてやはり、メインのおかずは肉でなく魚だ。ある日のおかずは鯖の塩焼き、揚げ出し豆腐、ピーマンとニンジンのきんぴら。別の日はぶりの照り焼き、枝豆とコーンのかき揚げ——。

そして自分自身も、出来るだけ魚のおかずをお弁当に入れるようにしたのだが——。

十月に入り、過ごしやすい気温となった頃、私は新たな問題に直面した。

「玉田さん。最近またお弁当が魚臭くなってない？」

昼休憩にて、辛藤さんがそう指摘してきた。他二人のランチメンバーはやはり気まずそうな顔をするだけで、否定はしない。梅星さんのアドバイス通り、魚を入れるときは三パーセントの塩水で下処理をするようにしているのに。

帰宅して弁当箱を洗った直後、顔に近づけて嗅《か》いでみると本当に臭っていた。いつの間にか少しずつ、弁当箱自体に臭いが蓄積していたのだ。

「ええと、弁当箱の臭いを消す方法……」

わからないことがあっても、スマホで調べれば何とかなる。そう思ったのだが、〈セスキ炭酸ソーダ〉〈ミョウバン水〉など、家にない物ばかりが検索結果に挙がり、音《ね》を上げそうになった。

「〈お酢を活用する〉……あ、これなら何とかできそう」

スマホの説明書きを読みつつ、キッチン台下の引き出しからお酢のボトルを取り出す。四十度くらいのぬるま湯とお酢を二：一の割合で混ぜ、弁当箱を浸《つ》けておくと臭いが取れるらしい。

「やっぱり大変だ。魚を毎日お弁当に入れるのは」

あの弁当男子のことが、ますますわからなくなってくる。

梅星さんは、きっと私より多くのことに気づいているだろう。しかし、一緒にお昼を食べた日以来、なかなか話をする機会に恵まれなかった。

「よし、明日タイミングを見て梅星さんに話しかけてみよう」

酢水から引き上げた弁当箱を指で撫でると、きゅっと心地いい音がした。


話しかけようと心に決めていれば、自《おの》ずと機会は訪れるものだ。

翌日の朝、最寄《もより》駅から大学まで歩く途中で梅星さんを見つけた。何かの建物の前で立ち止まり、看板を見上げているようだった。

「梅星さん、おはようございます！　こんなところで何を見てるんですか？」

「ええ、ちょっとね……」

せっかく久しぶりに話しかけたのに、梅星さんは上《うわ》の空だ。少しがっかりしつつ、私も一緒になって看板を見た。

〈冬季強化合宿受付中！〉

〈昨年度の医学部合格率八十二パーセント！〉

建物の正体は、医学部専門の予備校のようだった。合格率八十二パーセントというのが、いいのか悪いのか、私にはさっぱり判断がつかないけれど。

「ひょっとして、この予備校って」

「そう、まだ推測の域に過ぎないけど、あの弁当男子が通っているかもしれない予備校よ。なかなかにスパルタみたいね」

あの弁当男子は今も、祖母に嘘をつき続けているのだろうか。

大学まで一緒に歩く途中、梅星さんに昨日弁当箱の消臭をしたことを話した。するとまた、彼女は私に一つのアドバイスをくれたのだった。

「玉田さんのお弁当箱はプラスチック製よね。臭いがつきそうなおかずを入れるときは、ステンレス製のものにした方がいいかも」

弁当箱を選ぶとき、素材のことなんて全く考えていなかった。しかし梅星さんが言うには、素材によって臭いのつきやすいものと、つきにくいものがあるようだ。

「私、ステンレスのお弁当箱も買おうかな」

「お弁当を極めるなら一個くらいは持っておくべきよ。臭いだけじゃなく色移りにも強いから、カレーとかを入れるのもオススメよ」

梅星さんと話をしていると、まだ見ぬお弁当への夢がどんどん膨《ふく》らんでいく。

もう少し話していたかったが、大学に着いてしまった。先月のような大ミスをしないよう気を引き締めて、私は午前の業務に臨《のぞ》むのだった。

私が所属する教務課は、昼休憩が前半組と後半組に分かれている。私やランチメンバー、それに梅星さんは前半組で、十二時から午後一時が昼休憩の時間にあたる。

食堂にはいつも午前の授業が終わって十二時半頃から学生の姿が増え始めるのだが、今日はその前から結構混雑していた。一回生が通常授業ではなく、附属病院での臨床実習期間にあたるため、普段と昼休みの時間がずれているようだ。

白衣姿のまま、テーブルを囲んでだらんと座っている学生達は、かなり疲れているように見えた。

「マジできつい。実習終わっても、その後レポートも書かなきゃだしな」
「俺、サークルの先輩から去年のレポート貰《もら》ったぜ」
「丸写しで提出したらバレるんじゃね？」
「大丈夫だって。先生達も忙しいんだし、去年の学生のレポートなんて忘れてるよ」
「いいなー。俺にも見せろって」

俺も俺もと、楽をして単位を取ろうという学生達が集まる。少し離れたテーブルにいる私達の方にまで大きな声が聞こえてきて、ランチメンバー達は軽蔑の表情を浮かべた。

「あの子達が医者になっても、絶対に診《み》てもらいたくないわ」

「先生にチクってやろうかしら」

非難轟々《ごうごう》のランチメンバー達だが、レポートの話題に夢中の学生達は全く気づいていない様子だ。食堂がいつも以上に騒がしくなりつつある中、珍しい人物の姿が私の視界に映った。女性の老人の一人客だ。

席に座るわけでも、売り場に並ぶわけでもなく、ゆっくりと歩き回りながら辺りを見渡しているようだ。騒いでいた学生達も気づき、何人かが駆け寄っていく。

「学外の方ですか？　どうされました？」

「注文するならあちらでお盆を取って並ぶんですよ」

レポートのズルはいけないが、優しいところもあるじゃないか。しかし、どうやら彼女は食事をとる目的でここを訪れたのではないらしい。

「ありがとう。この大学に春から孫が通っているから、ちょっとどんなところか見てみたくて来たんだよ」

「あ、じゃあお孫さんは一回生ですか？　俺達も一回生ですよ」

なんとも微笑ましい会話だったが、続く話に耳を傾けるうちに、私は嫌な予感を覚えてしまうのだった。

「私、日直治《ひじきおさむ》の祖母です。いつも孫がお世話になっています」

「日直？　そんなやつ一回生にいたっけ」

知らない、俺も、と学生達の間に不穏な空気が流れる。珍しい苗字なので、誰にも認識されていないことなんてなさそうなのに。

もしかして——。私の脳裏にある考えが浮かんだのと同時に、食堂に一人の人物が現れた。あの弁当男子だった。

「ばあちゃん？　どうしてこんなところに」

「治……どういうこと？　あなた、この大学に入学したんじゃなかったの？」

先日の梅星さんの推理は的中していたようだ。一回生は全員実習で白衣を着ているはずなのに、弁当男子——日直くんは普段着のまま。彼はこの大学の学生ではない。この大学に通っていると祖母に嘘をつくために、毎日食堂を訪れていたのだ。

「こ、これはその……」

返答に窮《きゅう》する日直くん。学生達もやはり、彼が同回生の中にはいないと再確認したらしく、誰もが気まずそうな表情を浮かべている。

どうやっても言い逃れはできないだろうと思われたが、意外なところから彼に救いの手が差し伸べられた。梅星さんだった。

「あら、日直くんじゃない。実習なのに白衣忘れちゃったの？」

まるで顔見知りのように日直くんに声をかける梅星さんだが、日直くんの方は明らかに困惑《こんわく》している。私もすぐには彼女の意図がわからなかったが、日直くんのおばあちゃんがほっと胸を撫で下ろすような笑みを浮かべた瞬間、ピンとくるものがあった。

「ああ、よかった。本当に治はこの大学に通っているんですね」

「そうですよ！　今日は白衣を忘れたようですが、いつもはとても真面目で――」

梅星さんは、日直くんの嘘がバレないように助け船を出しているのだ。事務服姿の職員が言うなら、日直くんは間違いなくこの大学の学生だと、今ここにいる全員が信じるだろう。

「でも、事務員さん。俺達本当にこんなやつ知らないぜ」

「うちの大学は学生の人数が多いからね。知らない同回生がいても不思議じゃないわ」

なおも不審に思っている学生もいるが、梅星さんはしれっとやり過ごす。

先日、日直くんの謎について推理していたとき、「家族にそんな大嘘つくなんて」と怒る私に対して梅星さんは「嘘をつきたくてついているわけじゃない可能性もある」と言った。

日直くんも、彼の意志で嘘をついているわけではない？　だから梅星さんは今も彼をかばって、彼の嘘に話を合わせようとしているのか――？

「安心したよ。勝手に来て驚かせてすまなかったね」

「……」

日直くんが急に押し黙り、おばあちゃんから視線を逸《そ》らすかのようにうつむいてしまう。さっきまでの騒ぎが嘘のように食堂内は静まり返り、私はいてもたってもいられなくなった。

「あれ、玉田さんどうしたの？」

「ちょっとお冷やを貰いに……」

もはやお冷やが席を立つ口実の定番になりつつあるが、何とかランチメンバー達から怪《あや》しまれることなく、私は日直くんや梅星さんのもとに向かうことができた。

「梅星さん」

私が梅星さんに駆け寄り、梅星さんが私の方に振り向こうとしたとき、突然日直くんが顔を上げてこう叫んだ。

「ごめん、ばあちゃん！　俺、今までばあちゃんにずっと嘘ついてた。本当は去年受験に落ちて、まだ浪人生なんだ……！」

私の方を振り向きかけていた梅星さんが、驚いて日直くんの方に視線を戻す。彼のおばあちゃんも、全く状況が読めないようだった。

「え？　だってあなた、いつも電話で大学の授業のこととか、食堂のこととか話してくれていたじゃない」

「ばあちゃんに浪人してるってバレたくないから、毎日ここの食堂に通って情報を集めてたんだよ。学生達の会話に聞き耳を立ててたり、食堂のメニューをチェックしたりして」

「だけど、この職員のお姉さんも今あなたのことを学生だって……」

おばあちゃんと目が合い、梅星さんは心苦しそうに頭を下げる。

「大変申し訳ございません。彼の置かれた状況を思うと、どうしても嘘をつき通させてあげたくなってしまったんです」

おばあちゃんはまだ腑《ふ》に落ちないようだった。それは私も同じだ。

梅星さんの言う「彼の置かれた状況」とは？　やはり彼女は、日直くんについて私よりも多くのことに気づいている。

「職員さん。どうして俺をかばおうとしてくれたんですか？」

日直くんが尋《たず》ねると、梅星さんはついに、これまで彼のお弁当を観察しながら推理したことの全てを話し始めた。

「私、以前からあなたのことを不思議に思っていたのよ。毎日食堂に現れるのに、行動時間が学生達と違う。そして食堂で何かを注文するのではなく、毎日手作りのお弁当を食べている」

日直くんの行動時間が学生達と違ったのは、彼がこの大学の学生ではないからだ。しかし梅星さんの推理は、それ以上に深い彼の事情にまで及んでいた。

「あなたがおばあちゃんに電話で嘘をついているのを聞いたとき、最初はあなた自身が見《み》栄《え》を張るためにそうしているのだと思ったわ。だけど、それだとちょっと妙だなと気づいた。あなた一人が嘘をついたところで、親から事実が伝わる可能性が高い。——それで、こう思ったの。もしかして、あなたは親から、おばあちゃんに嘘をつくことを強要されたんじゃないかって」

おばあちゃんが何かを感じ取ったように日直くんの方を見たが、彼は目を合わせようとしない。梅星さんの推理が当たっているからなのか。

だけど梅星さんはどうして、日直くんのお弁当からそこまで読み解くことができたのだろう。

「あなたが毎日食べているお弁当。それを親が作っているのだとしたら、二つのことが推測されるわ。一つ目は、あなたの親がとても教育熱心だということ。そして二つ目は、残念ながらあなたの親は、あなたの気持ちについてはあまり大切にしていない可能性が高いということ」

日直くんのお弁当。毎日同じ曲げわっぱで、必ず魚のメニューが入っている美味しそうなお弁当だ。

私にはまだわからなかった。どうしてそれが、彼が親御さんから大切にされていないという推理に結びついたのだろう。

「肉と比べて値段の高いものが多く、調理も難しい魚を毎日おかずにするメリットは何か、最初は私も思いつかなかったわ。だけど、あるときふと気づいたの。魚の他にも、あなたのお弁当には『頭がよくなる』と言われている食材ばかりが入っている」

「頭がよくなる……?」

魚を食べると頭がよくなる。どこかでそんな歌を聞いたことはあるような気がしたが、具体的に何がどう頭にいいのか私にはさっぱりだった。

「頭がよくなる栄養素としては、魚に含まれるＤＨＡの他、集中力や記憶力を高める効果のある『レシチン』があるわ。レシチンは豆類やごま、ナッツ、卵黄に多く含まれている」

梅星さんの話を聞きながら、できる範囲で日直くんのお弁当のおかずを思い出してみる。

玉子焼き、大豆とひじきの煮物、小松菜のピーナッツ和え、揚げ出し豆腐、きんぴら、枝豆とコーンのかき揚げ——。

確かに、梅星さんが言ったレシチンを多く含む食品ばかりだ。今回も彼女の推理は、理論上は納得できる。けれど、どうしても私の心が受け入れようとしなかった。

「だ、だけど！　それだけで日直くんが親から大切にされてないっていう結論になるのはおかしいよ。栄養バランスまで考えてお弁当を作るのは、子どものためじゃないの？」

　私は自分でお弁当を作るようになって、毎日作り続けることの大変さを知った。そして魚のおかずに挑戦してからは、下処理や臭い対策の大変さもだ。

　誰かのために毎日お弁当を作ることができる人を、私は尊敬する。相手を大切に思う気持ちがなければ、到底できるはずがないと思うのだ。

　しかし、続く梅星さんの一言が、そんな私の信念を静かに覆《くつがえ》した。

「じゃあ、どうして彼のお弁当箱が曲げわっぱなのかしら。それも毎日同じ」

「え？」

　全くピンとこない私に、梅星さんは曲げわっぱの弁当箱について教えてくれた。

「曲げわっぱは吸水性に優れているから、おかずが水っぽくなるのを防ぐことができる。けれど一方で、おかずの臭いも吸収しやすい」

　今朝、梅星さんからお弁当箱の選び方をアドバイスしてもらったことを思い出す。素材によって臭いがつきやすいものと、つきにくいものがあるという話だった。

「じゃあ、ただでさえ臭いが強い魚のおかずを、毎日曲げわっぱのお弁当箱に入れていたら……」

「そういうことよ。しかも曲げわっぱは洗ってから完全に乾くまでに丸一日かかる。毎日使っているということは、乾燥が不十分なまま使っているということよ」

臭いのつきやすいお弁当箱が十分に乾燥していない状態で、さらに臭いの強い魚のおかずを毎日入れる――。想像しただけで顔をしかめてしまう。私はいつも日直くんのお弁当を遠目に観察していたが、近づいてみるとかなり臭っていたのではないだろうか。

「毎日のお弁当には、その人の暮らしぶりが如実《にょじつ》に表れる」

いつだったか私にも言ったその台詞《せりふ》を、梅星さんは日直くんに向かって言った。

「あなたの親は、あなたを何が何でも医師にしたいんでしょうね。だからお弁当の栄養面に全神経を注いでいる。一方で、弁当箱に臭いがついてあなたが不快に感じるかもしれないということにまで気が回っていないみたい」

日直くんはうつむいて、両肩にかけている大きなリュックサックのベルトをぎゅっと握る。きっと中には、山のような参考書や問題集が詰め込まれているのだろう。頭がよくなる曲げわっぱのお弁当と共に。

次の瞬間、日直くんが大きく息を吸い込んだように見えた。

「ああ、そうだよ！　俺の人生、今までずっと親の言いなりさ！」

「治……？」

狼狽《ろうばい》するおばあちゃんが日直くんの肩に手を触れようとするが、日直くんは無言でその手を振り払う。

一つ事実を口にすると、一気に歯止めが利かなくなるようだ。日直くんはこれまで押し殺してきた胸の内を吐き出し始めた。

「うちの家系は代々、勉強のできる家柄ではなかったんだ。だけど俺がたまたま親戚の中で成績のいい方だったから、勝手に期待されて。去年この大学に落ちたとき、親はカンカンに怒ったよ。それどころか、恥ずかしいから親戚の前では医大に合格したふりをしろと言ってきたんだ。俺は親の言うがまま、大学に通っているふりをして、ばあちゃんに電話をかけ続けた……」

日直くんはようやく顔を上げた。

「だけど、俺の話を信じて大学を見に来たばあちゃんの姿を見たら、もう耐えられなくなった。俺はもうばあちゃんに嘘をつきたくない。親の言いなりにもなりたくない」

私は何も言えないまま、静かにショックを受けていた。

親が子どもに作るお弁当は、子どものためを思い、愛情を込めて作られたものだと私は信じていた。けれど、日直くんのお弁当は一見彼のためを思って作られているかのように見えながらも、実際は親の欲を満たすためのものだったのだ。

料理をしたり、お弁当を作ったりする理由は人それぞれ。それは前からわかっていたことだ。けれどまさか、子どもを社会的地位の高い職に就《つ》かせるために――それも子どもの意志を尊重してでなく、親戚への体裁《ていさい》のためにお弁当を作る人がいるなんて。

今、日直くんが事実を打ち明けたことをきっかけに、彼の家族はどうなっていくだろう。不安が頭をよぎったが、一部始終を聞き終えた日直くんのおばあちゃんは、むしろ先程までよりも穏やかな表情になっているように見えた。

「治。いいんだよ、私に対してそんなに悪く思わなくても。実は薄々気づいていたんだ。あなたが嘘をついてるんじゃないかって」

「え?」

意表を突かれた日直くんに、おばあちゃんは笑顔を向ける。

「電話で食堂の話を聞かせてくれたとき、あなたは名物の激辛カレーが美味しいと言っていたね。だけどあなた、昔から辛いものは大の苦手じゃない」

「あっ……」

どうやら日直くんのおばあちゃんは、親以上に彼のことを気にかけていたようだ。今日この大学を訪れたのは、もしかすると彼と直接話して真実を確かめるためだったのかもしれない。

「どうやら頑張りすぎて嘘のつき方も雑になっていたようだね。少し休んだらいいよ。あなたはまだ若く、人生は長いんだから」

日直くんの目に涙が浮かび、私もつられて泣きそうになる。

けれど梅星さんだけは、いつもの冷静な表情を最後まで崩さなかった。


次の日から、日直くんはぱったりと食堂に現れなくなった。

元気にしていることを願いつつ、もうあの美味しそうな魚のお弁当を拝《おが》めないのかと思うと少し寂しい気持ちもする。だけど彼との出会いを通して、私のお弁当作りの腕はまた一歩成長した。今日のお弁当にも魚のおかずを入れている。

「玉田さん。そのイワシの梅煮、美味しそうじゃない」

「えへへ、ありがとうございます。これ骨まで食べられるんですよ」

珍しく辛藤さんに褒められて浮かれていたところ、食堂を歩く梅星さんの姿を見つけた。

業務中はいつもキビキビ動くのに、食堂ではいつもゆっくり、テーブルの一つ一つに視線を向けながら歩いている。

また面白そうなお弁当を探しているんだろうな。

以前、私のお弁当を「邪念がない」と評した梅星さん。彼女はこれからも、色々な人のお弁当から謎を見出《みいだ》し、隠された事実を明かそうとするのだろう。

だけど、そうまでして他人のことを知ろうとしながら、梅星さん自身は少しも他人に感情を見せない。ユカリさんの玉子焼きのときも、日直くんの魚弁当のときも、謎解きをする梅星さんは終始淡々としていた。

梅星さんが弁当探偵をする理由は何なんだろう。そんな疑問がふと浮かんだときにはもう、彼女の姿は私の視界からすっかり消えてしまっていた。

第三話

手作りブリスボールの秘めごと

冬の大学には、どこかそわそわした雰囲気が漂うものだ。

大学は前後期制が一般的だというイメージがあったが、私の勤める医科大学は三学期制だ。連日実習やら試験やらに追われている学生達も、二学期の試験が一段落した十二月頭になると、飛び交う会話の内容が一気に華やぐ。クリスマスは誰と過ごすか。家族で毎年教会のイベントに行くのが恒例だという子もいれば、恋人とお洒落なディナーを予約してあるという子も。

しかし、職員はというと、やはり各々《おのおの》に事情があるようだ。

「やっぱ医大生って金持ちのボンボンって感じよね」

周りの学生達が挙げるクリスマスディナーの店の名前を聞いて、ランチメンバーの酢田《すだ》さんはため息をもらした。

「どうしたのよ、ラブラブな彼氏がいるくせに」

「うーんラブラブなのはいいことなんだけどさぁ……」

酢田さんには大学時代から長年付き合っている恋人がいる。しかし、彼女の話によると、彼は就活に失敗して激務薄給の仕事にしか就《つ》けず、ロマンチックなお店でのディナーなどもう何年もしていないとのことだ。

「まぁまぁ、落ち着いてくださいよ。今日の食堂のスペシャルメニューは、そこらへんのお店のクリスマスディナーに負けてないと思いますよ！」

　恋人いない歴イコール年齢の私は、どうにか話題を切り替えようと、テーブル上のお皿を指差す。前々から一日限定メニューの予告がされていたので、今日だけはお弁当もお休みにしていた。

「あら。確かに結構いけるね、このチキン」

「ソースが甘辛《あまから》くてやみつきになっちゃう。どうやって作ってるんだろ」

スペシャルメニューのメインは、皮目パリパリ、中身しっとりな鶏《とり》もものコンフィだ。たっぷりとかけられたハニーマスタードソースは甘酸っぱく、粒を噛んだ瞬間にピリッとした辛みがアクセントになる。

付け合わせのポテトサラダは小さなクリスマスツリーの形になるように盛り付けられ、星形に切ったハムと、ブロッコリーやミックスベジタブルで飾られている。

「はぁ。この大学に就職できてよかった」

大げさかもしれないが、本気でそう思えるほどの味だった。他のテーブルを見ても、今日はほとんどの人がスペシャルメニューを注文しているようだった。

　が、そんな中。

「ちょっと。見てよ、あれ」

酢田さんがわずかにフォークの先を向けて示した方向を見ると、一人でテーブル席に座っている女性の姿があった。

若そうではあるが、白衣を着ているので医師だろうか。ピンと伸びた背筋やショートカットの艶《つや》やかな黒髪、くっきりとした目鼻立ちが、遠目から見ても美人なタイプだとわかった。

「こんな日までお弁当持参よ。しかもあんなに小さい」

「本当だ。午後の業務中にお腹空《なかす》かないんですかね」

「我慢してんのよ、絶対。少し前まで食堂のご飯食べてたのに、急に毎日ヘルシー弁当。最近転勤してきたイケメンの准教授《じゅんきょうじゅ》を狙って、外見磨きしてるって噂よ」

酢田さんの話によると、彼女は外科《げか》の医局秘書らしい。名前は伊倉《いくら》さんといい、新卒五年目の二十七歳。もともとは容姿に気を遣《つか》わない方だったらしいが、その変わりっぷりに周りの職員達も色々と憶測せずにはいられなくなっているようだ。

「酢田さん、口調が荒れてるわよ。伊倉さんがイケメン准教授と付き合えそうだからって、嫉妬しないの」

「ひっどーい、辛藤《しんとう》さん！　そんなんじゃないってば」

テーブルが騒がしくなりつつある中、私はチキンをむしゃむしゃと頬張りながら、伊倉さんがお弁当を食べるところを眺めた。

お弁当の中身までは見えないが、確かに箱は二段弁当の一段分しかないくらいの小ささだ。ゆっくり味わうようにして完食した後、弁当箱を巾着《きんちゃく》に仕舞うのかと思いきや、伊倉さんは巾着の中に手を入れてタッパーのような箱を取り出した。

デザートの果物が入っているような、弁当箱よりさらに小さい正方形型のタッパーだった。伊倉さんはタッパーの蓋《ふた》を開け、何やら嬉しそうに中身を一つ指でつまみ上げる。トリュフチョコのような丸い形をしたお菓子に見えた。

「皆さん、見てください。そこまでガチガチに食事制限してるみたいじゃないですよ」

私がそう言うと、ランチメンバー達も再び伊倉さんに視線を向ける。

しかし、ちょうどそのとき、伊倉さんのテーブルに白衣姿の若い男性が近づいていくのが見えた。さらに彼は伊倉さんの傍《そば》で立ち止まると、チョコレートを食べている最中の彼女と談笑を始める。

「えっ、どういうこと？　イケメン准教授狙いじゃなかったの？」

「酢田さん、落ち着いてくださいよ。どうやら本命はあの人みたいですよ」

男性は伊倉さんと同じくらいの年齢に見える。容姿は、失礼だがイケメンと呼ぶにはほど遠く、長めの髪がとっ散らかっていたりして垢抜《あかぬ》けない印象だった。

だが、彼と話をしている伊倉さんの表情は、幸せそのものだった。指先でつまんだチョコレートを彼の方に近づけて見せた後、パクっと口に入れる。丸く膨《ふく》らんだ頬が、ほんのりと上気しているようだった。

いったい何の話をしているんだろう。そんな疑問が浮かんだとき、また一人、伊倉さんのテーブルに近づいていく人物が現れた。

「あっ、梅星《うめほし》さんだ」

今日も今日とて、食堂内をやたらゆっくり歩きながら、辺りのテーブルをチェックして回る弁当探偵の梅星さん。伊倉さんのテーブルの傍を通り過ぎるとき、梅星さんの目がキラりと光った。その目は確かに伊倉さんの小さなタッパーに向けられていた。

梅星さんの推理の対象はメインのお弁当だけでなく、デザートにまで及ぶようだ。伊倉さんの丸いチョコレートを見て、梅星さんは何を思ったのだろう。

「あれはブリスボールよ」

昼食後の女子更衣室で梅星さんに声をかけ、伊倉さんのチョコレートを話題に出したとたん、聞いたこともない言葉が返ってきた。

「チョコレートじゃないんですか?」

「カカオパウダーをまぶしてチョコ味にすることもあるけど、基本的にはドライフルーツやナッツを細かく砕いてボール状にしたものよ」

急に美容に気を遣《つか》うようになったと噂の伊倉さんだが、ブリスボールも「罪悪感ゼロのスイーツ」と呼ばれるヘルシーフードらしい。小麦粉も砂糖も使わず、栄養価の高い食材が豊富に含まれていることがその理由だ。

「へぇー。私、聞いたこともありませんでした」

「健康への意識が高い人達の間では話題になりつつあるみたいだけど、まだ扱っているお店は少ないのが現状ね。フードプロセッサーがあれば手作りもできるみたいよ」

梅星さんに促《うなが》され、スマホでブリスボールのレシピを調べてみた。画面に映し出された数々の写真を目にして、私の率直な感想は――。

「か、可愛いっ……！」

基本的にはトリュフチョコレートのような茶色っぽい色をしているが、練り込まれたドライフルーツの赤や、ナッツの白が表面を彩っている。抹茶《まっちゃ》パウダーをまぶした鮮やかな緑色のものもある。

等間隔でコロンと皿の上に並ぶその姿たるや、まるで宝石か、小さな惑星の模型のようだ。

「私もこれ食べてみたい！　よし、決めました。冬のボーナスの一部でフードプロセッサーを買って、挑戦してみます」

偶然にも今日はボーナスの支給日だ。朝一番にメールで届いた明細を見て、私の心はホックホクだった。お菓子作りは初めてだが、ここ数ヶ月で積み重ねてきた料理の経験があれば、何とかなると思っていた。

しかし梅星さんは、また例のごとく私に冷めた視線を向けるのだった。

「あなたにできるかしら。お菓子は甘くても、お菓子作りはそう甘くないわよ」

「もう、またそんなこと言って。大丈夫ですって」

スマホで調べたブリスボールのレシピのページには〈材料を固めるだけなので失敗なし！〉との記載がある。ケーキやクッキーに比べれば簡単に作れそうだ。

お菓子作りの泥沼に陥《おちい》ることになるとは、このときの私は思ってもいなかった。


医科大学の教務課は、晩秋《ばんしゅう》から春にかけてが一番忙しい。

六年制のカリキュラムの中で、最高学年である六回生の卒業試験をはじめ、四回生から五回生に進級するためのＯＳＣＥやＣＢＴといった試験、および不合格だった学生の再試験が目白押しだ。それと共に、来年度の準備も山場を迎える。

働き方改革の一環で、残業は八時までと決められている。今日も八時ギリギリまで働き、急いで最寄《もよ》りのショッピングモールに駆け込んだ。九時まで営業している家電量販店に滑り込めたのはよかったものの――。

「し、種類が多すぎる……」

調理器具売り場に行くと、陳列棚の端から端まで、大きさも形状も様々なフードプロセッサーがずらりと並んでいた。値段も五千円未満のものから一万円を超えるものまであり、何を選べばいいのか全くわからなかった。

「何かお探しでしょうか？」

「ええと、フードプロセッサーをどれにしようか迷っていて……」

「そうなんですね！　普段、料理は何人分作られますか？」

閉店間際《まぎわ》に長居するなんて迷惑になるだろうかと不安になったが、声をかけてきた店員さんは驚くほど親切に、私に合うフードプロセッサーを探してくれた。一人暮らしだと答えると、小さめサイズで収納の幅をとらない物を紹介された。

「ブリスボール作りに挑戦したくて」

「でしたら、ハイパワータイプがおすすめですよ」

あれよあれよという間に、私はハイパワーかつ省スペースなフードプロセッサーを手に入れた。見た目は円形の筒状で、下段の透明の容器に食材を入れ、四枚刃のついた本体を上から装着して使うらしい。何だか愛着が湧いてきて、私は買ったばかりのフードプロセッサーに「プロちゃん」という名前をつけた。

あとはスーパーで材料を買い揃《そろ》えて、帰ったら人生初のお菓子作りの始まりだ。


帰宅後、キッチン台にブリスボール作りの材料をずらっと並べた。スーパーで買ったミックスナッツに、ドライクランベリー、オートミール。それから仕上げにまぶすための、可愛いピンク色のクランベリーパウダー。

ブリスボールの基本的な作り方は、ナッツとドライフルーツと粉類を同じ分量ずつ混ぜて固めるという、わかりやすいものだ。さっそく仕上げのパウダー以外の材料を五十グラムずつ量り、全て「プロちゃん」ことフードプロセッサーに投入。

上部のプッシュボタンを押すと、硬そうなナッツもガリガリと音を立てながら小さく砕かれてゆく。しかし、ここから悲劇が始まった。

「何だか寒いなぁ……白湯《さゆ》でも飲もうかな」

材料を混ぜるのはプロちゃんに任せ、電気ケトルでお湯を沸かそうとしたそのとき。

「ぎゃあああぁっ！」

プツリと何かが切れる音と共に、視界が真っ暗になった。それだけではない。フードプロセッサーの作動音や、エアコンの風の音まで聞こえなくなっている。

「しまった。ブレーカーが落ちたんだ」

以前、電子レンジと電気ケトルを同時に使ったときにも、同じような目に遭《あ》った。今後は気をつけようと猛省《もうせい》しつつ、スマホの懐中電灯アプリを起動して足元を照らしながら、ブレーカーのある玄関へ。

ブレーカーを上げてスイッチを入れると、プロちゃんは何事もなかったかのように再び動き始めた。材料が十分に混ざったのを確認してスイッチをオフにする。

「よかった、ちゃんとできてる。だけど、何だかパサパサしてるような」

中身をボウルに取り出し、手でつかんでみるとやはり粘り気が足りず、丸く固めるのは難しそうだった。スマホで改めてレシピを読み直してみる。

「ええと……材料がうまくまとまらないときは、水を少し加えて混ぜればいいのね」

ボウル内の材料に小さじ一の水を足し、手で混ぜていくと徐々に粉っぽさがなくなってペースト状になっていく。ラップに包んで団子《だんご》状に成形し、タッパーの中でピンク色のクランベリーパウダーをまぶしていくと――。

「できたぁー、可愛いー！」

パウダーまみれの両手をバンザイさせながら、私は一人で子どもみたいにはしゃいだ。

さっそくお皿に並べてスマホで記念撮影を試みる。自分の料理の写真は一度も撮ったことがなかったのだが、これはLINEのアイコンにしてしまおうかと思うほどの可愛さだった。

「きっと味も素晴らしく美味しいに違いないわ。だけど……」

完成したブリスボールは全部で七個。明日、大学に持っていってランチメンバー達と一緒に四人で食べたい。それから梅星さんにも食べてもらいたい。

「梅星さんがいつも一緒にご飯を食べてるのは、本人も入れて三人。梅星さんだけにあげるわけにはいかないし、そうすると四人＋三人になるから、七個全部持っていかなきゃ」

私は先に味見するのを断念し、完成したブリスボールを全てタッパーに入れた。手作りブリスボールの可愛さと美味しさに驚く皆の顔を想像しながら、うきうき気分でその日の夜を過ごした。

翌日の食堂にて、私がタッパーの蓋を開けた瞬間に、ランチメンバー達はわっと歓声を上げた。

「何これ、可愛い。玉田《たまだ》さん、お菓子も作るようになったの？」

私はふっふーんと得意げに鼻を鳴らす。

以前、初めて持参した玉子焼きの色がおかしくなっていたときや、魚の生臭《なまぐさ》さを振り撒《ま》いてしまったときと、皆の反応は全く違う。自分の料理の腕が確実に上がってきていることを実感しながら、私は昨日知ったばかりのブリスボールについての知識を、あたかもずっと前から知っていたかのように披露《ひろう》した。

「見た目はチョコみたいですけど、砂糖も油も一切使ってないヘルシースイーツなんですよ。よかったら皆さんもどうぞ」

ランチメンバーが次々に手を伸ばし、指先でブリスボールをつまみ上げる。私もついに味を堪能《たんのう》できるのだと、期待に胸を膨らませながら一つを取った。表面についたクランベリーパウダーの絹のような質感が心地いい。

「いただきまーす！」

四人で声を揃え、同じタイミングで口の中にブリスボールを放り込む。

しかし。

「んんんっ……？」

クランベリーパウダーが舌に触れた瞬間、脳天を針で刺されるような刺激に襲われた。酸っぱい。酸っぱすぎる。恐る恐るランチメンバーの様子をうかがってみると、誰もが何とも言えない顔で口をもごもごさせていた。

諦《あきら》めるのはまだ早い。表面のクランベリーパウダーだけだと酸っぱすぎたが、よく噛んで中身の材料と混ざり合えば、きっといい塩梅《あんばい》の味になるはず――。

ならなかった。

「酸っぱーい！　何これ、罰ゲーム？」

「ヘルシーでも美味しくなきゃ意味なーいっ」

一瞬にして、私に対するランチメンバー達の称賛は罵詈雑言《ばりぞうごん》へと変わってしまった。ブリスボールの本体にも甘さはほとんどなく、クランベリーの酸味ばかりが際立《きわだ》ってしまっていたのだ。

「どうしたの、あなた達？」

ランチメンバー達の喧騒の中に、凛《りん》とした声が差し挟まれた。顔を上げると、お弁当入りのミニトートを持った梅星さんがテーブルのすぐ近くに立っていた。

「う、梅星さん。いつからそこに」

「たった今通りかかっただけよ。それより、そのタッパーの中身は何？」

「わわっ、何でもないです！」

本当は梅星さんや彼女のランチ仲間の分もあったのだが、渡せるはずもなく慌《あわ》てて蓋を閉める。何とかして話題を変えなければと思っていると、今度は隣のテーブルから何やら楽しげな会話が聞こえてきた。

「本当に毎日作ってきてるんですね。大変じゃないですか？」

「全然ですよぉ。もう私、すっかりこの味の虜《とりこ》になっちゃって」

私よりも先に反応した梅星さんが、隣のテーブルに顔を向ける。そこにいたのは伊倉さんと、昨日も一緒に話していた白衣の男性だった。今日は同じテーブルに向き合って座り、一緒に昼食をとっているようだ。

そして今日も、伊倉さんは食後のデザートにブリスボールを持ってきていた。

「それは何味なんですか？」

「今日のは和風に挑戦してみまして、くるみとカシューナッツに、ドライアプリコット、ドライイチジク、オートミール、それと少しきな粉も入れてみました。ちなみにフルーツはどちらもトルコ産の甘みの強いものにしてます」

黄金色に輝く伊倉さんの和風ブリスボールを見ながら、私は歯を食いしばった。砂糖を使わない分、ドライフルーツで甘さを補う必要があるのに、私は見映《みば》えのことばかり気にして酸っぱいクランベリーだけを入れてしまっていた。

「僕も一個食べてみたいな」

「だーめっ。これは私が私のために作ったおやつなんですー」

見ているこっちが恥ずかしくなってくるくらい、いちゃいちゃな雰囲気が漂い始めると、酢田さんがまた「はぁ」とため息を漏《も》らす。イケメン准教授に近づこうとしていると噂の伊倉さんだったが、別の噂に切り替わるのも時間の問題だなと思った。

タッパーの中に三つのブリスボールを残したまま、昼休憩が終わってしまった。自席に戻ると、何度か見たことのあるメッセージ入りのメモが今日もデスクに貼られていた。印字と見紛《みまが》う美しさの、梅星さんの字だ。

〈お菓子作りは、慣れないうちは細かい材料や分量まで、レシピに忠実に作ること〉

やはりブリスボール作りに失敗したのはバレていたようだ。

私はレシピ通り、ナッツとドライフルーツと粉類を同じ分量ずつ混ぜてブリスボールを作ったつもりだった。しかし、具体的に何のドライフルーツを使うかについては、完全な自己判断で選んでしまっていた。もっとよく調べれば、そのあたりのレシピも見つけることができただろうに。

ぐうの音《ね》も出ない気持ちだったが、続くメモのメッセージには全く別のことが書かれてあった。

〈それと、伊倉さんの動向が気になるわ。彼女が毎日手作りのブリスボールを持ってきて

いる理由は、本当に健康志向のためだけなのかしら〉

伊倉さんのブリスボールを見て、梅星さんはまた弁当探偵モードに入ったようだ。毎日のお弁当には、その人の暮らしぶりが如実《にょじつ》に表れる。美味しいご飯を食べる以外の意図が隠されていることもある。これが梅星さんの持論だった。

意中の人であろう彼に、あんなに無邪気な笑顔を見せている伊倉さん。あの笑顔に何か裏があるのだとしたら、何だか恐ろしいような気もした。

午後七時四十分。大学の廊下は自動的に照度が抑えられて、学校の怪談さながらの雰囲気を醸《かも》し出している。

私は一人、その廊下を走っていた。

「早くしないと最終退勤時刻に間に合わないっ……！」

そう思いながらも脚はどんどん鉛《なまり》のように重くなってゆく。大量の物の入った籠《かご》を両手に持って運んでいるからだ。行き先は教務課の倉庫。今日の実習の授業で使用した物の片付けが、バタバタしているうちにこんな時間にまでずれ込んでしまった。

さらに。

「しまったぁー！　倉庫の鍵、持ってくるの忘れちゃったじゃん」

倉庫の扉の前まで来たところで、事務室から鍵を取ってこなければならないことに気づく。今から籠を持って引き返すことを思うと、めまいがしてくる。

どうにか籠をこの辺りに置いておけないだろうか。そう思って辺りを見渡してみると、倉庫の扉がわずかに開いていることに気づいた。先客がいたようだ。

「あら、玉田さんじゃない」

私が倉庫内に入ると、先客は用を済ませたのか扉の方まで歩いてきた。私と同じく最終退勤時刻ギリギリまで働いているのに、表情には少しも疲労の色がない。倉庫の鍵を手に持って現れたその人は、なんと梅星さんだった。

「梅星さんも、この時間まで残業ですか？」

「ええ。自分の仕事は終わったんだけど、来年度のシラバス担当者が大変そうだったから手伝ってたの。ここで過去のシラバスを閲覧《えつらん》して諸々《もろもろ》確認していたところよ」

うちの大学では、基本的に派遣職員には長く残業させないことになっている。にもかかわらず、梅星さんは自分の仕事を早々に終わらせ、正職員の仕事を助けていた。仕事はできる人のところに集まるとよく聞くが、どうやら本当のようだ。

「よかったら、その籠の片付けも手伝うけど」

「あ、ありがとうございます！　――あ、それと」

私はメッセージ入りのメモのことを思い出し、追加でお礼を言った。籠の中の物を分類して片付けながら、話題は自然とブリスボール作りのことになった。

「失敗しないと言われているブリスボールで大失敗するとは思いませんでした」

「ふふっ。ブリスボールは砂糖も小麦粉も使わないから、ドライフルーツは甘みと粘り気があるものを選ぶのがいいらしいわよ」

そういえば、フードプロセッサーで材料を混ぜ合わせた直後、水を加えなければ上手《うま》くまとめられなかった。クランベリーだけでは甘さも水分も足りていなかったのだ。

毎日ブリスボールを作っている伊倉さんは、その点もしっかり考えているようだった。アプリコットやイチジクは、ドライフルーツの中でも水分が多いものだ。

「私も頑張って伊倉さんみたいに作れるようになりたいな」

何の気なしにそう言った私だが、伊倉さんの名前が出てきたとたん、梅星さんの声のトーンがほんのわずかに低くなった。

「彼女は少し妙だわ」

「え？」

その瞬間、メモに書かれていたメッセージの続きを思い出す。伊倉さんが毎日ブリスボールを作ってくる理由について、梅星さんは疑問を抱いているようだった。

「確かに、私も自分で作ってみて結構大変だと感じました。それなのに伊倉さんが毎日手作りして持ってきているのは、それなりの理由があるのかも」

ブリスボールの作り方は、材料を混ぜてまとめるだけだ。しかし、作った後の片付けは結構手間がかかる。フードプロセッサーを洗ったり、使いきれなかった材料をそれぞれ保存したり。

単なる健康のためだけに、毎日そこまではできないだろう。そこで梅星さんが目をつけたのは、彼女が親しげにしているあの男性だった。

「伊倉さん、あの研究生と親しくなりたくて、話題作りにブリスボールを使っているんじゃないかしら」

「研究生？」

白衣姿の彼は、どうやら医師ではないらしい。梅星さんの話によると、彼は他の大学を卒業し、二年間の研修医勤務を経《へ》て、研究のためうちの大学の心療内科学研究室にやってきた。年齢はやはりまだ二十代と若く、名前は岡《おか》河《か》さんというそうだ。

「詳しいんですね、あの人のこと」

「大学院の業務をしていたとき、少しだけ話をする機会があったのよ。彼、ナッツの摂取が精神に与える影響についての研究をしているそうよ」

梅星さんはミニトートの中からスマホを取り出し、うちの大学の公式ホームページにアクセスする。大学で実施中の臨床研究の一覧の中にそれらしい研究課題名があり、岡河さんが研究責任者になっているようだった。

「今も実施中の研究なんですね」

「研究計画書によると、調査期間は終わって、今はデータをまとめる段階だそうよ」

研究課題名の横にあるアイコンをクリックすると、研究計画書を閲覧できる仕様になっていた。研究の目的については、ナッツを日常的に摂取することによって、精神的安定にどう影響するかを調査するという旨《むね》が記載されている。

調査方法はどのようなものかというと、心療内科の患者さんと心身に疾患等のない人からそれぞれ研究参加者を募集し、調査期間中毎日、決められた時間帯に決められた分量のミックスナッツを摂取してもらう。調査期間の前後で血液や血圧などの検査と心理的アンケートを実施し、結果を比較解析するらしい。

「確かにナッツに含まれるビタミンB群はストレスを緩和する効果があると聞いたことがあるわ」

「ナッツ……あ、そうか。私も今ピンときました」

岡河さんの研究対象はナッツ。そして伊倉さんは最近、ナッツを使ったお菓子であるブリスボールを毎日手作りして持ってくるようになった。

そこから導き出される結論は何か。梅星さんがさっき言ったとおり、伊倉さんは岡河さんと話すための話題作りに、ブリスボールを作り続けているに違いない。

「伊倉さん、可愛いですね。好きな人に近づくために、その人の研究対象を使って毎日お菓子を作って持ってくるなんて」

伊倉さんに冷ややかな視線を向けている人もいるが、恋愛に疎《うと》い私なんかは聞いただけで顔がニマニマしてしまう。

「だけど、それでもまだ妙なところがあるのよ」

「え？」

「わざわざ手間をかけてブリスボールを作るメリットがわからない。近づきたいだけなら、単純にナッツを買って持ってきたっていいじゃない」

そう言われればそうだ。私だったら、色々なお店のナッツを食べ比べてみたりして、それをネタに彼と話そうとするかもしれない。

「ええと……料理ができるという家庭的な面もアピールしたかったから、とか？」

「だったらブリスボールよりも、もっと身近な家庭料理を作ってくるわよ。カシューナッツ入りの炒《いた》め物とか、ピーナッツ和《あ》えとか、ナッツを使ったおかずは多くあるわ。だけど彼女のお弁当には、そういうものは全く入ってなかった」

いつの間にか、伊倉さんのあの小さなお弁当箱の中身までチェックしていた梅星さん。私が苦し紛《まぎ》れに出した推理は、あっという間に論破《ろんぱ》されてしまった。

「さらに、岡河さんが一個食べてみたいって申し出てるのに、拒否する理由も理解不能だわ。一緒に食べた方が距離を縮めるには有効なはずなのに」

「そ、そういうものなんですね」

梅星さん、クールそうに見えて実は恋愛経験も豊富なのだろうか。意中の人に料理を振る舞っている彼女の姿を想像すると、この人にも人間味豊かな一面があるのかもしれないと嬉しくなってくる。

「あの、梅星さんって恋人とかは――」

このまま自然な流れで梅星さんに恋バナを振ってみよう。そう目論《もくろ》んで声をかけようとしたが、その前にスマホを見ていた梅星さんが「あっ！」と声を上げた。

「大変、もう最終退勤時刻まで五分を切ってるわ。まだ片付いてないものはある？」

「え、ええと……」

急いで残りの実習用物品を仕分け、倉庫のコンテナに入れていく。

手術用使い捨て手袋やガウンの箱、打腱器《だけんき》や舌圧子《ぜつあつし》といった医療道具を触っているうちに、ロマンチックな気持ちはすっかり消え失せてしまった。

とにかく今日は、退勤できたらすぐ家に帰ってブリスボール作りのリベンジをしよう。

梅星さんからのアドバイス通り、お菓子作りはレシピを忠実に再現するところから始めるのがよさそうだ。

改めてブリスボールのレシピをスマホでよく調べてみると、様々なナッツやドライフルーツの組み合わせが紹介されているようだった。

「よし、今日はレーズンとクランベリー味にしよう」

まだ家に残っているクランベリーとアーモンドを使うことにし、レシピを見ながらレーズンとココナッツファインをスーパーで買い足した。

フルーツとアーモンド、ココナッツファインを同量ずつ用意する。フルーツの内訳は、レシピによるとレーズンとクランベリーを二：一にするとのことなので、そのとおりにしておいた。

「今日も頼むよ、プロちゃん」

フードプロセッサーのプロちゃんをセットし、これまたレシピに従ってまずはフルーツとココナッツファインのみを撹拌《かくはん》する。アーモンドは後から入れることによって、細かくなりすぎず食感を楽しめるようになるのだとか。

「おぉーっ。昨日と違って水を加えなくても、ちゃんとまとまるぞ」

これもレシピに忠実にやった結果かと思いながら、小さじ山盛り一杯分をラップに載《の》せてぎゅっと丸める。

ラップを外すと——ココナッツファインの白、ベリーの赤、それにアーモンドの皮の橙《だいだい》色でホログラムのように彩られたブリスボールがコロンと転がった。

「やった、見た目は完璧!」

しかし問題は味だ。昨日は酸味と甘みのバランスを考えず、ランチメンバー達の顔をしかめさせる結果を招いてしまった。

恐る恐る指でつまみ、半分ほどかじってみる。

「すごい! 砂糖を使ってないのに、今日のはしっかり甘さがある」

しっとりした生地《きじ》の食感と共に、レーズンとココナッツファインのまろやかな甘みが口の中に広がる。そこにクランベリーの酸味が程よいアクセントになり、何個でも食べられそうな飽きのこない味に仕上がっている。

「明日、皆さんに不味《まず》いものを食べさせちゃったことを謝って、お詫びにこれをおすそわけしようっと」

今日の役目を終えたプロちゃんの刃を本体から外し、洗剤をつけたスポンジで細かな溝まで入念に洗っていく。フードプロセッサーは便利だが、使う度《たび》に解体して洗う必要があるので、そこが面倒でもあると知った。

すると、また伊倉さんの謎が深まる。ここまで手間をかけて、伊倉さんがブリスボールを作り続ける本当の理由はいったい何だろう。

翌日の出勤時は、氷を薄く削ったような、柔らかな粉雪が降っていた。

目にしたとたんココナッツファインのようだと思ってしまうくらい、私の頭の中はお菓子作りのことでいっぱいだった。

今日こそは皆さんに美味しいブリスボールを、と意気込んでいた私だったが、なんと一人で昼食をとるはめになってしまった。というのも、お昼前に終わるはずだった先生との打ち合わせが予想以上に長引いてしまったせいだ。来年度から新しく始まる授業に関することだったので、先生も熱が入っているようだった。

何とか話がまとまって昼休憩に入り、食堂を訪れたときは既《すで》に多くの人が食事を終えている時刻だった。

空《あ》いている席が多いと、反《かえ》ってどこに座ればいいか迷うものだ。壁付けのカウンター席に向かおうとしたとき、見覚えのある人物が一人でテーブル席に座っているのが見えた。

「あっ、伊倉さん」

思わず名前を呼んでしまい、呼ばれた伊倉さんは振り向いて困った顔をする。当たり前だ。私は彼女のことを一方的に知っているが、彼女の方は私のことなど全く知らないのだから。

「ええと、どこかでお会いしたことがありましたっけ」

正直に尋《たず》ねられ、とっさに「以前、業務で外科の医局にうかがったときに一度だけお見かけして」と、それらしい嘘をついてしまった。

「そうでしたか。思い出せなくてごめんなさい。事務の方ですか？」

「はい。教務課の玉田といいます」

本当は初対面なのを申し訳なく思いつつ、首掛けの名札を差し出して自己紹介をする。

そして、さりげなく伊倉さんの座っているテーブルの様子をうかがってみると、いつもの小さなタッパーにブリスボールが入っていた。傍ではタンブラーからコーヒーの湯気が立ち昇っている。昼食後のデザートタイム中のようだ。

間近で見る伊倉さんのブリスボールは、手作りとは思えないほどのクオリティに見えた。一つ一つの大きさや形の揃い方、表面の滑《なめ》らかさ。色はビターチョコレートのような黒っぽさが目立っているが、そんな中でナッツの粒が白い星屑《ほしくず》を撒いたかのように輝いて見える。

「そのブリスボール、凄《すご》く綺麗ですね！　何が入ってるんですか？」

「え？　ああ、これはオートミールとピーナッツ、それにプルーンとカカオパウダーででできているのよ」

迷いなく全ての材料を答える伊倉さん。ビターチョコのような黒っぽい部分の正体は、プルーンとカカオパウダーのようだ。

「というか、よくブリスボールだと気づいたわね。チョコそっくりなのに」

「は、はい。私も最近ブリスボール作りをしているので」

ここ毎日あなたのブリスボールを観察していましたとは、さすがに言えない。

しかし、見れば見るほど私のなんかとは比べ物にならない出来だ。岡河さんから一つ食べたいと言われても断っていたので、味見はさせてもらえそうにないが、上手に作るための秘訣《ひけつ》があるなら聞いてみたい。

「自己流で作ったら大失敗してしまいまして、ちゃんとレシピ通りに作らなければと思った次第です」

「ふふっ、お菓子作りはそうよね」

「しかも少しでも気を抜くと、フードプロセッサーで電圧の容量オーバーになってブレーカーを落としちゃうし」

実はブリスボール作り二回目の昨日も、私はブレーカー事件を起こしていた。炊飯器でご飯を炊いている最中にフードプロセッサーを使ってしまったのだ。

「私は節電したいから、ワット数の低いフードプロセッサーを使ってるわよ」

電気代のことまで考慮してフードプロセッサーを選んだという伊倉さん。店員さんに全てお任せした私とは、意識の高さからして全く違うのかもしれない。

伊倉さんが最後のブリスボールを食べ終えたタイミングで、ちょうど会話も一段落し、彼女はにこやかに挨拶《あいさつ》をして席を立った。

私は壁付けのカウンター席に一人で座り、ゆっくりとお弁当を味わった。

「一人ランチも、結構いいかも」

食堂は三階にあるため、壁につけられた小窓からはちょうど大学の中庭を見下ろすことができる。時間帯のせいか、寒すぎる気温のせいか、中庭には誰の姿もない。

出勤時に降っていた粉雪は収まり、空は青く澄んでいる。一面芝生に覆《おお》われた中庭が、溶けた雪を反射させて光っていた。

結局、タッパーに入れて持ってきた七個のブリスボールには手をつけないまま、私は遅めの昼食を終えた。調べてみると、ブリスボールはかなり日持ちするお菓子らしく、冷蔵庫で一週間程度、冷凍庫で一ヶ月程度保存できるとのことだった。

「今日は持ち帰って、明日こそ皆さんにお渡ししよう」

そう思っていたのだが。

「あら、玉田さん。今日はお昼遅かったのね」

昼食後に女子更衣室に入ると、なんと化粧直し中の梅星さんに遭遇した。彼女も今日は、私と同じくらいの時間に昼休憩に入ったらしい。

「梅星さんも今お昼終わりですか？」

「ええ。今日は教授とのミーティングが長引いて、休憩に入るのが遅れて」

まさかの私と同じ理由だった。仕事ができる梅星さんは相変わらず、正職員並みの業務を任されているようだ。

「でも、食堂にはいませんでしたよね」

「今日は二階のカフェテリアで食べてたのよ。いつもと違う場所に行けば新たなお弁当に出会えるかと思ったけど、さすがにちょっと時間帯が遅すぎたみたいだわ」

梅星さんいわく、カフェテリアも食堂と同じくお昼休み以降は閑散《かんさん》としており、お弁当を広げている人はほとんどいなかったとのことだ。

「そういえば私、さっき食堂で伊倉さんと少し話しました」

「話しかけたの？　あなた、結構勇気あるのね」

「いえいえ、偶然話す流れになったというか……」

ブリスボールの話をしたと伝えると、やっぱり梅星さんは食いついてきた。

梅星さんが以前から疑問に思っている、伊倉さんがブリスボールを作り続けている理由については、今日彼女と話しても全くわからないままだ。

「あの、梅星さん」

「どうしたの」

「まだ休憩時間残ってますか？　私、梅星さんのアドバイスを受けて昨日もブリスボールを作ってみたんです。よければ是非おひとつ」

タッパーを開けると、手つかずのブリスボールが現れる。梅星さんが一つを手に取って口に含む。

「へぇ、やるじゃない！」

考え事で少し曇っていた梅星さんの表情が、弾《はじ》けるような笑顔に変わった瞬間を見て、私はこの上なく嬉しくなった。一人ランチもいいものだと思ったけど、こうして誰かと美味しさを共有するのは、また違った楽しさがある。

「でも、私なんて伊倉さんに比べればまだまだですよ。フードプロセッサーを選ぶことすら、自分一人じゃできなかったんだから」

「フードプロセッサー？」

「ええ。伊倉さんは電気代のことまで考えて、ワット数の低いものを選んだそうで」

「……」

なぜかそこで梅星さんが急に黙り込む。

まさか伊倉さんの謎を解く鍵を見出《みいだ》したのだろうか。梅星さんに尋ねてみたかったが、業務に戻る時間となってしまった。急いでタッパーを仕舞い、更衣室を出る。

更衣室は地下にあって、事務室のある一階に行くには、一箇所ずつある階段かエレベーターのどちらかを選ぶことになる。いつも混んでいるエレベーターは地下まで降りてくるのに時間がかかるため、階段を使うことにした。

しかし、階段を上りきったとき、事務室と反対の玄関の方から話し声が聞こえてきて、私達はつい足を止めてしまった。

そこにいたのは伊倉さんと岡河さんの二人だった。

「北海道はとても寒いでしょうから、気をつけてきてくださいね」

「ありがとうございます。お土産《みやげ》買ってきますね。ロイズのアーモンドチョコなんていかがでしょう？」

「わぁ、嬉しい！」

岡河さんは紺色のスーツの上から、スーツと同じ色のロングコートを羽織って、大きなスーツケースを持っている。学会に出席するための出張だろうか。

見送り、見送られる二人の間には、既《すで》に恋人同士のような雰囲気が漂っていた。その空気に後押しされたのか、玄関を出ようと伊倉さんに背を向けた岡河さんが、再び振り向いてこう切り出したのだった。

「あのっ、急な話なんですが……伊倉さんはクリスマスの予定はもうお決まりですか。もし、本当にもしよろしければ、僕と何か美味しいものを食べに行きませんか？」

私の隣で、梅星さんが「おぉっ」と反応する。早く事務室に戻らなければならないのに、それどころではなくなってしまった。

伊倉さんの返事は当然ＯＫだろうと思っていた。岡河さんと話しているときの彼女はとても嬉しそうだし、梅星さんも彼女は岡河さんに好意を持っていると推理していた。

けれど、予想に反して伊倉さんはなかなか返事をしなかった。

「食事ですか。ええと、その……」

岡河さんは伊倉さんを真っ直ぐに見て返事を待ったが、彼女の方はついに、答えないまま視線をすっと横に逸《そ》らしてしまった。

恋愛に疎い私でも気づく。これはいわゆる「脈なし」というやつであり、返事がないのがそのままNOの意を表しているのだ。

「そうですか、とても残念です。では、そろそろ僕は」

「え？　あの、違いますっ。食事じゃなくて、ええと、映画とかなら――」

どうにか取り繕《つくろ》おうとする伊倉さんだったが、岡河さんは完全に意気消沈《しょうちん》といった様子だ。彼女が何を言っても、もうクリスマスの話題には触れたくなさそうだった。

「気を遣《つか》わなくてもいいですよ。友達として映画を観《み》るくらいの仲にしかなれないということでしょう。さっきお土産を買うと言ったけど、それも迷惑だったかもしれない」

「待ってください、そんなことは――」

「いけない、飛行機に遅れてしまう。今の話はなかったことにしてくださいね。では」

いつの間にか、外は再び小雪が舞い始めているようだった。傘も差さず、逃げるように走り去る岡河さんの背中はどんどん小さくなり、駅に向かう角を曲がったところで見えなくなってしまった。

残された伊倉さんは一人、呆然と玄関に立ち尽くした。けれど、私には彼女の気持ちがわからない。

岡河さんの言ったとおり、伊倉さんは彼と恋仲になるのが嫌で、食事の返事を渋ったのだろうか。それならどうして、「映画とかなら」なんて後出ししたのだろう。食事でも映画でも、クリスマスに二人で出かけるという点では同じなのに。

それに、自分から返事をせずにいながら、どうして今彼女はこれほど苦しそうな姿で佇《たたず》んでいるのだろう。

何か声をかけた方がいいか迷っていると、隣にいた梅星さんがこう呟《つぶや》いた。

「ふーん、なるほど。わかったわ、彼女が食事の誘いを断った理由も、毎日ブリスボールを作り続けている理由も」

「え?」

ほんの短い会話の中から、梅星さんは謎を解くための手がかりをつかんだようだ。どういうことかと私が尋ねる前に、梅星さんは玄関に向かって歩き、佇んでいる伊倉さんに声をかけた。

「大丈夫ですか」

「……見ていたんですか?」

「ええ。お二人のこと、前からずっと」

放心状態だった伊倉さんが、その瞬間にぎょっとして梅星さんの方を向く。梅星さんは容赦なく、彼女に向かってこう言った。

「これを機に、彼に本当のことを話してみてはいかがですか」

本当のこと？

梅星さんは、伊倉さんが岡河さんに何か嘘をついている、あるいは隠し事をしていると推理したようだ。伊倉さんはというと、一瞬図星を指されたように目を見開いたものの、この場で何かを打ち明けようとはしなかった。

「いったい何のことかわかりかねますが、事務のお仕事の方はいいんですか」

「あっ、いけない」

梅星さんは、あっけないほど潔《いさぎよ》く踵《きびす》を返して戻ってきた。事務室に急ぎながらも、私は梅星さんにさっきのことを聞いてみた。

「伊倉さん、あのまま放っておいていいんですか？」

「仕方ないわ。今の彼女に何を言っても、真実を話そうとはしないでしょうよ」

「真実って？」

答える代わりに、梅星さんはこんなことを提案してくる。

「岡河さんが出張から戻ってくる前に、伊倉さんの秘密を暴いて話をつけた方がよさそうね。明日、私も手作りのヴィーガンスイーツを持ってくるわ。玉田さんもブリスボールを持って、彼女に声をかけに行きましょう」

「わ、わかりました」

伊倉さんと話をつけるのに、どうしてヴィーガンスイーツを作ってくる必要があるのかはわからなかったが、きっと梅星さんなりの狙いがあるのだろう。

私が同意したのと同じタイミングで、事務室に到着した。

「上手くいけば、二人の恋が実る可能性も十分にあるわ……彼の研究対象が木の実《ナッツ》だけにね！」

事務室に入る寸前のところで、木の実にちなんで上手いこと言う梅星さん。推理力はもちろんのこと、親父ギャグ好きなところも健在なようだった。

翌日の昼休憩。私とランチメンバー達が食堂を訪れたときにはもう、梅星さんの作戦は始まっていた。

「キャーっ。梅星さん、何この美味しそうなの」

「ふふ、手作りのヴィーガンプリンです。皆さんに召し上がってもらいたくて」

「手作りなの？　お店で売ってるやつみたい」

先に来ていた梅星さん達のテーブルが何やら盛り上がっている。見てみると、梅星さんは大きめの保冷バッグから、牛乳瓶型の容器をいくつも取り出していた。

「何、何？　あっちのテーブル」

「ちょっと覗《のぞ》いてこよっか」

ランチメンバー達も浮き足立ちながら、梅星さん達のテーブルに近づいていく。私も後を追いかけた。

そういえば、前にも梅星さんが手作りプリンを振る舞ってくれたことがあったのを思い出す。あのときのプリンは表面をパリパリにキャラメリゼしたブリュレ風だったが、今日のは少し茶色みのある生地のみでできた素朴なものに見えた。

「すごーい！　私も食べたい」

クリスマスが近づいてテンションの低かった酢田さんも、梅星さんのプリンを見たとたん目を輝かせる。

「たくさんあるから、皆で食べましょう。玉田さんも手作りのブリスボールを持ってきているみたいだし、スイーツパーティーなんてどうかしら？」

「ひぇっ⁉」

思わず変な声が出てしまった。お菓子作りにも少しずつ自信がついてきたところではあるが、梅星さんのプリンと比べられたら、また自信喪失してしまいそうだ。

しかし、あれよあれよというちに、梅星さん達は四人掛けのテーブルを二脚くっつけて、八人掛けのテーブル席を作ってしまった。学生ならともかく、職員がこんな大人数で団らんしているのは珍しく、少し注目を集めてしまっているようだった。

「わぁ、玉田さんのお菓子もすっごく可愛い」

「油断しちゃダメよ。見た目は可愛いけど、前にもらったときは酸っぱすぎてとても食べられた味じゃなかったから」

「ご、ごめんなさい。今日は大丈夫だと思います……」

今日のブリスボールは、残っていたクランベリーと、新たに買い足したピスタチオを使って作ったものだった。クランベリーの赤とピスタチオの緑でクリスマスらしい雰囲気を出しつつ、はちみつも入れて甘さとしっとり感を増している。

メンバーの一人がテーブルの上に人数分のティッシュを広げて置き、私のブリスボールを分け始めた。他のメンバー達が梅星さんのプリンを一人一人の席に配っていく。

「玉田さん、ちょっと一緒に来て」

「はい?」

プリンの瓶を一つ持った梅星さんに連れ出され、私はテーブルを離れた。向かった先は壁付けのカウンター席。そこにいたのは一人でお弁当を食べる伊倉さんだった。

私達に気づくと、伊倉さんはいったん手を止めてこちらを向き、軽く会釈《えしゃく》した。梅星さんがプリンの瓶を彼女のお弁当箱の横に置く。

「昨日は玄関で失礼しました。よかったら一つどうぞ。ヴィーガンスイーツ、お好きでしょう?」

「……」

伊倉さんは何かを疑うように、黙ったまま瓶入りのプリンをじっと見ている。

「牛乳も卵も使ってないんですよ、このプリン」

「そうですか。じゃあ、この生地はどうやって?」

「豆乳を粉寒天で固めました」

再びの沈黙。伊倉さんの小さなお弁当箱の中身は、すでにほとんど食べられているようだった。残りのおかず一つを口にした後、伊倉さんはプリンの瓶に手を伸ばした。

「いただきます。けど、食べ終えたらすぐ席に戻ってもらっていいですか? 今、あまり人と話したい気分じゃないんです」

どうやら昨日のことがきっかけで、まだ梅星さんを警戒しているらしい。瓶の蓋をやや乱暴にねじって開けるその動作に、さっさと食べて戻ってもらおうという気持ちが表れているように見えた。

しかし。

「わぁ、美味しい……」

一口食べた瞬間、伊倉さんは息を吐くように自然にそう呟いた。

直後、我に返ったのか「しまった」と言わんばかりに手の平で口を押さえる。言うつもりもなかったのに、無意識に声に出してしまうほど、梅星さんのプリンが絶品だったということだ。

「お口に合ったみたいでよかったわ」

「え、ええ。豆乳の臭みが全然ないし、ほんのり甘くて濃厚」

少し悔しそうにしつつ、伊倉さんはあっという間にプリンを完食した。

昨日の気まずさを取っ払えたように思えたが、これが梅星さんの計画だった。空になった瓶を回収した後、梅星さんは伊倉さんに向かってこう言ったのだ。

「濃厚なのはきっと、隠し味のピーナッツペーストのおかげよ」

「え？」

プリンの生地にピーナッツペースト？

聞き慣れない組み合わせに、私も伊倉さんも驚いた。そういえば生地が少し茶色い気がしていたが、ピーナッツペーストの色だったとは。

そのとき、伊倉さんの様子がおかしいことに私は気づいた。プリンにピーナッツペーストが入っていると聞いたとたん、みるみる顔色が悪くなっていく。呼吸も苦しいのか、白衣の胸元を手でぎゅっと握るようにして押さえている。

「伊倉さん、大丈夫——」

「お願い、早く救急科に電話してちょうだい！」

私の呼びかけを遮《さえぎ》り、伊倉さんは血相を変えて言った。そして、衝撃の事実を告げるのだった。

「私はナッツアレルギーがあるのよっ」

伊倉さんが苦しそうにしていた原因はこれか。急いで救急科に電話しようとしたが、外線番号も内線番号もすぐには思い出せない。とにかく病院の代表番号に電話してみるか、それより先に誰か周りの人に助けを求めるべきか。

すがるように梅星さんの方を見ると、彼女は少しも動揺していなかった。まるで、最初からこうなることが全部わかっていたかのように。

「ひ、酷《ひど》すぎるよ、梅星さん」

梅星さんは昨日、伊倉さんの謎が解けたと言っていた。きっと彼女は、伊倉さんがナッツアレルギーを持っているとわかったうえで、ピーナッツペースト入りの手作りプリンを食べさせたのだ。伊倉さんにその事実を認めさせるために。

梅星さんへの怒りが収まらなかったが、事態は思わぬ展開に動いた。

「ごめんなさい、ピーナッツペーストを入れたというのは嘘です。こうでもしないと、あなたが事実を打ち明けてくれないと思ったから」

「へ……？」

「プリンの茶色はてんさい糖の色。濃厚なのは濃いめの無調整豆乳を使ったからです」

蒼白だった伊倉さんの顔色が元に戻ったかと思うと、今度は恥ずかしさのせいか頰が赤くなる。どうやら、ナッツが入っているという思い込みのせいで気分を悪くしていただけのようだ。

伊倉さんは恐る恐る梅星さんに視線を向け、観念したように尋ねた。

「どうしてわかったんですか？　私がナッツアレルギーを持っていると」

梅星さんが伊倉さんと話したのは、昨日が初めてのはずだ。それなのに、伊倉さんと岡河さんの会話を聞いたり、私から伊倉さんのことを聞いたりしただけで、梅星さんはアレルギーのことを見抜いてしまった。

梅星さんはついに、その推理を伊倉さんに話し始めた。

「岡河さんと楽しそうに話すあなたを見て、私は最初こう思っていました。あなたは岡河さんに好意があって、話題作りのためにブリスボールを毎日手作りして持ってきているのだと。だけど、それだと妙なことがあって」

「妙って、いったい何が」

「ナッツを話題にして岡河さんに近づきたいなら、例えば彼のナッツを使った臨床研究に参加してみるとか、ナッツを差し入れして一緒に食べるとかの方が簡単で効果的だと思うんです。なのに、あなたはわざわざ手間をかけてブリスボールを作り続けた……。そして、あるときふと思ったんです。実はあなたはナッツを食べられないいんじゃないかと。だから、ナ、ナ、ナ、ナ、ナ、ナ、ナ、ナッツが入っているように見せかけたブリスボールを作り、それをネタに岡河さんと話そうとした」

確かに、それだと彼女が岡河さんにブリスボールを食べさせなかった理由も納得できる。彼が食べたらナッツを入れていないことがバレるからだ。

「……」

伊倉さんが黙っているのは、推理が当たっているからだろうか。

さらに、梅星さんがその推理に至ったのは、なんと私と伊倉さんの会話がきっかけだった。

「あなたは玉田さんとブリスボール作りについて話したとき、こう言ったそうね。電気代節約のために、ワット数の低いフードプロセッサーを使っていると」

「そうだけど、それがいったい……」

「ナッツのような硬いものを細かく砕くためには、ワット数の高いフードプロセッサーを使う必要があるからです。だからその話を聞いたとき、ピンときました。あなたがナッツを入れずにブリスボールを作っているんじゃないかって」

梅星さんの話を聞いて、家電量販店でフードプロセッサーを選んでもらったときのことを思い出した。ブリスボールを作りたいと伝えると、ハイパワータイプのものをおすすめされたのだった。

伊倉さんのブリスボールは、お店で売られているものだと言われても納得してしまうくらい美しいものだった。あれほど滑らかな表面に仕上げるためには、材料を細かくする必要がある。ナッツのように見えた白い粒は、実際には別の何かだったのだろう。

「昨日、岡河さんからの食事のお誘いに返事を渋っていたのも、おそらくアレルギーがバレるのを恐れたからでしょう」

真っ赤な顔をした伊倉さんの目には、ほんのわずかに涙が浮かんでいるようだった。

梅星さんは、声を少し穏やかにしてこう言った。

「だけど、ご存じかしら。ナッツアレルギーでも、全てのナッツが食べられないケースは稀《まれ》なんですよ。一度、病院で検査を受けてみてはどうですか」

梅星さんが伊倉さんに一番伝えたかったのは、このことだったようだ。

伊倉さんはナッツ全般を避けてブリスボールを作っていた。しかし、ナッツアレルギーを持っている人でも、全てのナッツを避ける必要はなく、病院に行けば種類ごとに症状の有無を確認することもできるらしい。

昨日、梅星さんが「二人の恋が実る可能性も十分にある」と言っていたことを思い出す。食べられるナッツを調べれば、これからはそのナッツを使ってブリスボールを作ることができる。ナッツを使っているように見せかける必要もなくなるし、岡河さんに嘘をつかなくてもよくなるのだ。

すると黙っていた伊倉さんが突然、指を目尻にやって涙を拭《ぬぐ》うようなしぐさをした。憑《つ》き物が落ちたようなさっぱりとした顔をして、彼女は事実を打ち明けた。

「あなたのおっしゃったとおりです。私、どうしても彼と話したくて、彼の研究対象であるナッツを入れたふりをしてブリスボールを作っていました」

梅星さんもようやく笑顔を見せる。これであとは、彼女が病院を受診して食べられるナッツが見つかればいい。

そう思ったのだが、伊倉さんのブリスボールには、まだ梅星さんも気づかなかった悲しい真実が隠されていた。

「だけど、あなたの推理には二つだけ違っているところがあります。一つ目。私は既に病院を受診して、食べられるナッツと食べられないナッツを調べています。そして二つ目。私は過去に岡河さんの臨床試験に参加していたんですよ」

どういうことだろう。ナッツアレルギーのせいでナッツ全般を避けているのに、日常的にミックスナッツを摂取する岡河さんの臨床試験に参加なんてできるのだろうか。

納得のいかない私達に、伊倉さんは改めて、ナッツを入れたと偽《いつわ》ってブリスボールを作るようになった経緯《いきさつ》を話し始めた。

「私、岡河さんがこの大学に来たときから、研究熱心な姿に惹《ひ》かれていました。けれど所属が違うからあまり話す機会もなくて、何とかきっかけを作りたくて彼の臨床研究に参加したんです。そのときはまだ、ナッツアレルギーを発症していなかったから」

「それじゃあ、もしかして――」

梅星さんが言いかけると、伊倉さんは小さくうなずいた。私ももしやと思ったが、その予想は的中した。伊倉さんは岡河さんの臨床研究に参加している最中《さなか》に、ナッツアレルギーを発症したのだ。

「ある日、研究で支給されたミックスナッツを食べていたら、急に呼吸が苦しくなった。

それで病院に行ったら、いくつかのナッツにアレルギー反応があると診断されて」

本来、研究参加中に体調不良などが生じたときは、すぐ研究者に報告することになっている。しかし、既に岡河さんに好意を持っていた伊倉さんは、それができなかった。

「研究に参加したことがきっかけで私がアレルギーを起こしたなんて知ったら、彼がショックを受けると思ったから……」

しかし、彼に知られなくても、伊倉さん自身が心に深いダメージを負ってしまう結果となった。アレルギーを引き起こすナッツだけでなく、それ以外のナッツでも精神的に受け付けなくなってしまったのだ。

「彼にバレるのが怖くて、食堂でメニューにアレルゲンとなるナッツが含まれているかを確認することもできなかった。だから毎日お弁当を作るようになって」

伊倉さんが、あるときから急に手作りのお弁当を持ってくるようになった理由も明らかになった。食堂のメニューを避けたのは、ダイエット目的ではなかったのだ。

「そしてさらに、自分がナッツアレルギーだということを隠すためにブリスボールを？」

「はい。あなたが最初に推理したとおり、ナッツが入っているように見せかけて……だけど、やっぱり嘘はよくない結果を招くものですね」

伊倉さんは遠い目をして、カウンター席の窓から空を見上げた。北海道まで出張に行っている、岡河さんのことを想っているのだろう。もう自分の恋が決して実らないことを悟りながら。

しかし、そのときだった。

「今の話は本当ですか、伊倉さん」

突然、席のすぐ後ろから、男性の声が伊倉さんの名を呼んだ。何度か聞いたことのある声だった。

伊倉さん、それに私と梅星さんも同時に声のした方を振り向き、言葉を失った。そこにいたのはスーツケースを持った岡河さんだったのだ。

「岡河さん、まだ学会が終わってないんじゃ……？」

「昨日の夜の部にだけ出席して、すぐ戻ってきたんです。あなたと気まずい雰囲気のまま大学を出てしまったのが、気になって仕方なかったから」

大学に戻ってきた岡河さんは、食堂にいる伊倉さんを見つけたものの、梅星さんと話す姿を見て何かが変だと気づいた。そして、しばらく声をかけず密かに様子をうかがっていたらしい。

「岡河さん、本当にごめんなさい。私は嘘をついていました。もうあなたと話す資格もありません」

今日、伊倉さんのテーブルにはブリスボール入りのタッパーが見当たらない。岡河さんが出張で会えないから、作る必要もないと思っていたようだ。彼と話すためだけに、そして彼に嘘をつき通すためだけに、伊倉さんはブリスボールを作り続けていた。

そこに込められた秘めごとを知られてしまった以上、岡河さんとこれまでのような関係を続けることはできないだろう。

岡河さんは、カウンター席でうなだれる伊倉さんにゆっくり近づいていった。

そして、小さく息を吸い込んだように見えた、次の瞬間。

「好きだー!!」

私は自分の耳を疑ってしまった。

岡河さんが伊倉さんに好意を抱いていそうなのは、昨日から何となくわかっていた。しかし、こんなタイミングで告白?

岡河さんから真っ直ぐに見つめられ、伊倉さんは長いまつ毛をぱちぱちさせて目をしばたたく。いつの間にか、周りに他の職員や学生達まで集まり始めていた。

「引かないんですか、私のこと。嘘つくためにわざわざブリスボールを毎日作るなんて」

「何を言います。僕は心の専門家ですよ。愛が重い人は大好きです」

何ということだろう。岡河さんにとっては、嘘をつかれたことなんてどうでもよく、むしろ自分のために伊倉さんがそこまで悩んで行動したことが嬉しかったようだ。

「僕の研究のせいで辛《つら》い思いをさせて、すみませんでした。これからは、辛いことがあったら隠さずに話してくださいね。僕は心のプロなんですから」

「は、はい」

なんてお似合いの二人なんだろうと思ってしまう。伊倉さんのとった突飛《とっぴ》な行動が、全て正しかったのだと思えてくるほどに。これが相性というものなのだろうか。

私には恋愛はわからないなと思いつつ、隣にいる梅星さんの様子をうかがう。歓声と冷やかしが入り交じった声を上げる周りの人達と違い、何てこともないような涼し気《げ》な顔をしていた。

もしかして、梅星さんはこうなることも予想して、伊倉さんに声をかけたのだろうか。

やっぱり推理だけでなく恋のテクニックも凄いとか……？

「梅星さんも、素敵な恋をしたことがあるんですか」

この間は時間切れになってできなかった質問を、今度こそしてみた。

しかし、梅星さんの返事はそっけなく、それに彼女の謎をますます深めるようなものだった。

「今も、してるわ」

「え？」

言葉とは裏腹に、梅星さんの表情は恋する女性のそれには全く見えなかった。そして、私のこれ以上の追及を断固拒否する強い意志が感じられた。

さらに梅星さんは言った。

「だけど今は恋に浮かれている場合じゃないわ。私には、するべきことがあるのだから」

「するべきこと？」

ランチメンバー達のいる席に戻ると、梅星さんのプリンを食べた面々が「超美味しいー！」と感動の声を上げている。梅星さんは、すぐにそちらの会話の輪に入っていってしまう。

私は皆の話に、曖昧《あいまい》な相槌《あいづち》を打ちながら、頭の中では別のことを考え続けてしまう。梅星さんのするべきことって何？　ひょっとしてそのために、大企業の正社員を辞《や》めてまでこの大学に来た……？

梅星さんと出会ったおかげで、私はお弁当作りの楽しさを知った。私にできることがあるなら協力したいが、梅星さんが何をしようとしているのかわからない。

そのとき、梅星さんの席に置かれたお弁当箱がふと目についた。まだ蓋も開けられていないお弁当を見たとたん、私の中にある計画が浮かんできた。

梅星さんのお弁当を観察してみよう。

毎日のお弁当にはその人の暮らしぶりが如実に表れると、私は彼女に教えてもらったのだ。私は彼女のことを、もっと知りたい。

第四話

時短レシピには
盲点がある

つつがなく年が明け、寒さが厳しくなるにつれ、朝布団から出る時刻が日に日に遅くなってゆく。玉田典子《たまだのりこ》、社会人デビューと同時に一人暮らしを始めてそろそろ十ヶ月。

二十三歳の誕生日を迎えた一月末日に、私は今年の目標を二つ決めた。

一つは、去年から始めたお弁当作りを引き続き頑張ること。

そしてもう一つは、たった一人でいいから親友と呼べる人を作ることだ。

昔から私は、よく言えば協調性のある、悪く言えば自己主張しない子どもだった。趣味も将来の夢もなく、何となく周りに流されるままその日を暮らし、喧嘩したり嫌われたりすることはなかったが、誰かと深い絆《きずな》を結ぶ経験もなかった。

梅星《うめほし》さんと出会い、お弁当やお菓子作りの楽しさを知って、退屈だった私の毎日が変わり始めている。私は梅星さんのことを、もっと知りたい。

梅星さんのお弁当を観察してみようと思いついた私だったが、なんと他にも梅星さんのお弁当にやたらと注目する人物が現れた。

「梅星さん、今日も白ご飯に真っ赤な梅干し？　やだぁー、手抜き」

経理課の飯田《いいだ》係長だ。今日も梅星さん達のテーブルに近づいて、大きな声でお弁当にダメ出しをしている。しかも何故かターゲットは梅星さんのみ。

少し離れた私達のテーブルにまで飯田係長のキンキン声が響いてきて、ランチメンバー達も顔をしかめている。

「飯田係長、どうやら梅星さんを次のターゲットに選んだようね」

そう推測したのは、ランチメンバーきっての情報通である塩見《しおみ》さんだった。

「ターゲットって、どういうことですか？」

「あの人、仕事ができてフレンドリーっていうキャラで通ってるけど、その裏では常に誰か一人をターゲットに決めて、チクチク嫌み言ったり嫌がらせしたりするのよ」

塩見さんの情報によると、彼女の嫌がらせによって退職を余儀なくされた事務員は、若手からベテランまで十人を超えるという。しかし、仕事に関しては優秀なうえ、ターゲット以外の職員にはとことん親切であるため、事務職の上層部も彼女の悪行《あくぎょう》を見て見ぬ振りをしている状況だそうだ。

塩見さんが手の指を二本ぴんと立てて言った。

「私の見たところ、飯田係長は二つの条件が揃《そろ》っている人をターゲットにしているみたいよ。一つは一人暮らしをしていること」

私は息を呑んだ。梅星さんは一人暮らしをしていると、以前二人でお昼を食べたときに聞いたことがあった。

「そしてもう一つは、お弁当作りが上手な人よ」

「じゃあ、玉田さんは当分ターゲットにならないわね」

「ちょっと！　辛藤《しんとう》さん、それどういう意味ですか」

ツッコミを入れつつ、改めて飯田係長と梅星さんの様子をうかがう。梅星さんは飯田係長のダメ出しに大きく反応することなく、おかずを口に運んでいる。遠目で見ても色鮮やかな、野菜の肉巻きだ。

「ご飯が白いと、おかずに合うからいいわよねぇ」

この一ヶ月ほど飯田係長の嫌みを聞き続けて知ったことがある。梅星さんのお弁当にはいつも、白いご飯と梅干しが入っている。

初めて私と一緒にお昼をとった日の鶏《とり》マヨや、今食べている野菜の肉巻きなど、おかずの種類は毎日様々だ。手頃な価格の食材でいかに美味《おい》しくできるかを考えるのが楽しいと、梅星さんは言っていた。

そんな工夫が凝《こ》らされた彼女のおかずには見向きもせず、白いご飯と梅干しに狙いを定めて嫌みを言い続ける飯田係長。

「なんか、見てるだけでムカつくなぁ」

私がぽろりとこぼした一言に、塩見さんが反応する。

「玉田さんが怒るなんて珍しいね」

「だって」

飯田係長に腹が立つのはもちろんだが、言われっぱなしで何もしない梅星さんも、見ていてもどかしくなってくる。炊き込みご飯なりオムライスなり、あっと言わせるご飯メニューを作ることくらい、梅星さんにとっては簡単なはずなのに。

梅星さんのお弁当を笑う、飯田係長の顔をじっと眺める。切れ長の目やすらっと高い鼻筋は、仕事ができる知的な印象を与えている。

今年係長に昇進したばかりで、年齢は三十代後半らしい。ナチュラルメイクに茶髪の切りっぱなしボブ、スレンダーな体型と姿勢のよさも相まって、二十代と言われても信じてしまいそうなくらいに若く見える。

「どうして飯田係長はお弁当作りの上手な人をターゲットにするんでしょうか」

「負けたくないんじゃないの？　彼女も毎日お弁当を持ってきてるし」

テーブル上でランチメンバー達の推理が飛び交う。

「そういえば料理も上手なんだよね、飯田係長。いつも混ぜご飯のおにぎりと、スープジャーのお弁当」

「スープジャー？」

飯田係長が梅星さん達のテーブルを離れて歩いてきたので、私達はそこで会話を止めた。偶然にも私達のすぐ隣のテーブルに一人で座った飯田係長は、ミニトートからお弁当を取り出す。塩見さんが言ったとおり、円筒形のステンレスのスープジャーと、ラップをピンと張って包んだ混ぜご飯のおにぎりだった。

行儀よくゆっくりと手を合わせた後、飯田係長はスープジャーを開けた。中身は熱々のようで、蓋《ふた》を取った瞬間に白い湯気がふわりと漂う。

スープジャーの中身が、付属のスプーンで一つ一つ掬《すく》い上げられ、飯田係長の口に運ばれていく。見るからに味の染《し》みていそうなカブ、ゴロッと大きく乱切りにされたニンジン、レンコン——どうやら和風ポトフのようだ。

「あらぁ、どうしたの？　そんなに物欲しそうな目で見ちゃって」

私達の視線に気づいた飯田係長が、声をかけてくる。梅星さんに嫌みを言っていたときとは打って変わって、友好的で茶目っ気のある話し方だ。ターゲット以外に対してはフレンドリーというのは本当らしい。

「し、失礼しました。美味しそうなお弁当だなと思って」

「あははっ、それはどうも。だけど、こんなの誰でも簡単にできる時短弁当よ」

「時短？」

「切った野菜と熱々のスープをスープジャーに入れておけば、あとは勝手に熱が通って保温調理ができるのよ」

飯田係長は、スープジャーを使ったポトフやスープ、味噌汁などの保温調理について私に教えてくれた。朝の作業は、熱が通る前の野菜をスープジャーに入れ、熱々の汁を注いで蓋をするだけ。時間が経《た》つにつれ野菜に熱が通り、昼時にはちょうどいい柔らかさになっているのだそうだ。

「忙しい社会人は、時間を有効に使わないとね。このおにぎりも、塩昆布とゴマと、水で戻した冷凍枝豆を混ぜて握っただけの簡単レシピよ。塩昆布で味がつくから、調味料で味付けする手間が省《はぶ》けるの」

ラップを外しておにぎりを見せつけてくる飯田係長に向かって、ランチメンバーの辛藤さんが「梅星さんのお弁当のこと手抜きって言ったくせに」と悪態をつく。

「手抜きと時短は違うわ」

すぐさま言い返す飯田係長。

「私、この大学の仕事はもちろん、家でも結構忙しくて。病気がちな母の面倒を見なきゃいけないからね。家事も料理もするけど、なるべく時間をかけたくないってわけ」

飯田係長は独身で、両親と三人で暮らしているようだ。一人で暮らすだけでもヒイヒイ言っている私には、家族の世話と仕事の両立なんて考えるだけでぐったりしてしまう。しかも飯田係長は人員の少ない経理課の役職者だ。平職員の私とは業務量だって比べ物にならないはず。

そんな中で、時短レシピを活用してこれほど美味しそうなお弁当を作っている。梅星さんへの発言は許しがたいけれど、飯田係長の料理の腕は見習いたいところだ。

「私もスープジャーのお弁当作ってみようかな」

「あらぁ、本当?」

そのとたん、飯田係長は目をキラっと光らせ、自分のスープジャーを持って私のいる席まで歩いてくる。中にはまだ具がゴロゴロ入ったポトフが半分ほど残っていて、和風だしの優しい香りがふわっと漂ってくる。

「スープジャーも色々種類があるけど、これが断然オススメよ。六時間の保温、保冷が可能。蓋は漏《も》れにくくて開けやすい」

「へぇーっ……」

飯田係長にぐいぐい迫られ、結局その場でスマホを操作し、通販サイトで彼女と同じスープジャーを購入してしまった。

そのとき、テーブルの近くを誰かが通り過ぎた気配がした。顔を上げると、ミニトートを片手に歩き去る梅星さんの背中があった。いつも食堂を歩くときはゆっくりした足取りなのに、今はやけに急いでいるようにも見える。

もしかして、私が飯田係長と話しているのを見て、気を悪くした？

こんなことだから、私はいつまで経《た》っても親しい友達ができないのだと思った。梅星さんと仲良くなりたいと願いながら、その場の空気に流されて、彼女の天敵みたいな人と呑《の》気《ん》《き》に話をしてしまった。

せっかくスープジャーを買ったところだが、しばらく使うのはやめておこう。今は飯田係長とこれ以上仲良くなるわけにはいかない。どうか、彼女の梅星さんへの嫌みが一時的なものでありますように。


私の願いに反し、それから飯田係長の梅星さんへの当たりは日に日に強くなっていった。お弁当のことだけでなく、業務中の態度にまで難癖《なんくせ》をつけ始めたのだ。

「梅星さん、膝《ひざ》に可愛いの載《の》せてるわね」

「これですか？　ただの膝掛けですよ」

「でもここに、可愛い猫ちゃんがいるじゃない」

膝掛けにプリントされた猫のイラストを、飯田係長は鷲摑《わしづか》みにするようにして触る。梅星さんがぎょっとするのを確認すると、唇を歪《ゆが》ませてほくそ笑んだ。

冬場の事務室は暖房をつけていても肌寒い。柄《がら》のついた膝掛けを使っている人なんて、梅星さん以外にもいくらでもいる。にもかかわらず、飯田係長は梅星さん一人を狙い撃ちするかのように小言を言う。

「猫ちゃんに気を取られて、仕事を疎《おろそ》かにしないでね？　昨日提出してくれた伝票にミスがあったわよ」

「そんな。提出前に自分でもチェックしたし、正職員の方にもダブルチェックを――」

梅星さんの声を遮《さえぎ》り、飯田係長はぴしゃりと「そんなの関係ないわ」と言いきる。大人しく頭を下げる梅星さんの姿を見て、教務課全体が少しざわついた。

「梅星さんがミスするなんて珍しいね」

「大丈夫かしら。最近ちょっと顔色も悪いような気がする」

周りの声を聞いて、私の不安もどんどん膨《ふく》れ上がっていく。

梅星さんに何か声をかけてみようかと思ったが、その前に教務課の全体ミーティングの時間になってしまった。デスクで仕事を進めていた職員達が、一人また一人と席を立って会議室に向かう。

「それじゃ玉田さん、何かあったら会議室に繋いでね」

「はい」

全体ミーティングは月に一度あり、誰か一人は事務室に残って窓口対応と電話番をすることになっている。今月は私がその係だが、がらんとした教務課の島に一人残されると、何だか仕事をする気分じゃなくなってきてしまう。

「そうだ。梅星さんにメッセージを書いて、席に貼っておこう」

私がお弁当作りに苦戦しているとき、梅星さんはいつも私の席に手書きのメッセージ入りのメモを貼っておいてくれた。梅星さんがピンチかもしれない今こそ、何かできることをしたかった。

〈明日、久しぶりに二人でランチしませんか?〉

梅星さんのデスクは余計なものを置いておらず、すっきり広々として見えた。メモなんて貼ると目立ってしまうかなと思っていると、手を伸ばした拍子《ひょうし》に奥のブックスタンドに触れてしまい、立てられていた書類やノートがばさっと倒れてしまう。

「やばっ、早く元に戻さないと……ん?」

そのとき、デスクの上で開いてしまった一冊のノートが私の目に留《と》まった。A5サイズのリングノートに書かれた文面は、ぱっと見ただけで業務用メモではないとわかった。日付と四行ほどの文章の繰り返しが延々続いている。

まさか、梅星さんの日記？

だとしたら決して見てはいけないが、梅星さんを助ける手がかりが得られるかもしれないと思い、私は開いたページに書かれた文章を少しだけ読んでしまった。

〈今日も飯田さんから、皆の前で日の丸ご飯の弁当を馬鹿にされた〉

〈飯田さんに悪い噂を流されている。「あいつは自分の立場を利用して、異性を口説いているのよ」と〉

手の震えを押さえながら、何とかノートと書類を元通りの位置に戻す。

自席に戻った後も、しばらく頭がガンガンしていた。ページに並んでいた、苦痛が滲《にじ》み出ているような小さくて丸い文字が、まだ目に焼きついて離れない。〈飯田さん〉という呼び方に少し違和感があるものの、梅星さんが飯田係長にこれほど追い詰められていたなんて。

日の丸ご飯の件は知っていたが、〈異性を口説いている〉とは、どういうことか。梅星さんが男性に媚《こ》びてるところなんて見たことないし、派遣職員が自分の立場を利用するなんてどう考えても意味不明な話じゃないか。

そのとき、経理部の島から飯田係長の元気な声が聞こえてきた。

「お疲れー。お昼行ってきまーす」

「お疲れ様です。飯田係長、今日のお弁当は何なんですか?」

「今日はスープジャーで作ったトマトチーズリゾットよ」

昼休憩の時刻が近づき、経理部の面々はお弁当の話で盛り上がっている。スープジャーの保温機能を使えば生米《なまごめ》と材料に湯を注ぐだけでリゾットになるのだと、飯田係長が部下たちにレクチャーしていた。

「憧《あこが》れるよね、飯田係長の時短弁当」

飯田係長が去った後も、事務室には彼女のお弁当を賞賛する声が飛び交っていた。

冗談じゃない。誰かをターゲットにして嫌がらせをするような人のお弁当なんかに、憧れてたまるもんか。

飯田係長をやっつけたいという気持ちが、唐突に私の中に湧き上がる。

彼女より美味しいスープジャー弁当を作ってやろう。そうすれば、これ以上偉そうに梅星さんに嫌みを言うこともできなくなるはずだ。

帰宅してすぐに押し入れを開け、箱のまま仕舞ってあったスープジャーを取り出した。

先日飯田係長の勢いに押され、通販サイトで買ってしまったものだが、色はぱっと見ていいと思ったものを直感的に選んだ。愛用のお弁当箱と同じ黄色だ。

「私も保温調理でリゾットを作ってみよう。材料はお米と野菜と……」

冷蔵庫にとろけるチーズがあったので、チーズリゾットにすることにした。

野菜は玉ねぎ、キャベツ、ニンジンの三種類。スマホで調べたところ、熱を通しやすくするために野菜は薄く小さく切る必要があるとのことだ。

「みじん切りは苦手だから、この子を使おうかな」

そう言いながら手に取ったのは、去年ブリスボール作りをきっかけに買ったプロちゃんことフードプロセッサーだ。三種の野菜を粗《あら》めにカットし、プロちゃんに投入。みじん切りモードのスイッチを入れれば、即席のミックスベジタブルもどきの完成だ。

「できたぁー！　これで、あとはベーコンを細切りにして」

思ったよりもたくさんの量になってしまったので、リゾット用に使う分だけを小皿に移してラップをし、冷蔵庫に入れておく。これで下ごしらえは完璧だ。明日の朝は、材料をスープジャーに入れて熱湯を注ぐだけの作業で済む。

「余ったみじん切り野菜は保存袋に入れて冷凍保存しておこうっと……ん？」

プロちゃんによって細かく刻まれた野菜を袋に詰めている途中、わずかな違和感のようなものが頭をよぎった。

何か大きなことを思い出しかけたような気がしたが、野菜を冷凍保存した後、プロちゃんを解体して洗っているうちに、すっかり作業の方に気持ちが集中してしまった。

「プロちゃんは便利なんだけど、洗うのが結構面倒なんだよなぁ」

そういえばスープジャーも、本体はともかく蓋の方はパッキンや部品を取り外して洗う必要があるようだ。

真冬は洗い物を少ししただけでも、手がかじかんで荒れてしまう。ドラッグストアで買ったハンドクリームを入念に塗り込みながら、明日に向けて気合いを入れた。


翌朝のリゾットの仕込みも、私は難なくやりきった。

冷蔵庫から出したみじん切り野菜とベーコンを、洗った米、そしてとろけるチーズと共にスープジャーの中へ。味付けも忘れず、半分に砕いたコンソメキューブと塩コショウを少々。そこに電気ケトルで沸かした熱湯を注ぎ、すぐ蓋をする。

慌《あわ》ただしく業務に追われるうちに午前が終わり、何とか昼休憩に入ることができた。一足先に休憩に入ったランチメンバー達を追いかけて食堂に向かっていたところ、なんと梅星さんの方から私に声をかけてきた。

「玉田さん、一緒にランチ行きましょ」

「え？　梅星さんが誘ってくれるなんて珍しい」

「何言ってるの、あなたから誘ってきたんじゃないの」

「あっ……」

梅星さんにジトッとした視線を向けられ、昨日メッセージ入りのメモを彼女のデスクに貼っていたことを思い出す。

食堂に着くとランチメンバー達に別で食べることを伝えた後、梅星さんと二人で壁付けのカウンター席に並んで座った。

「あ、学生さん達がサッカーしてる」

「若い子達は元気ね、こんな寒い日でも」

今日も窓からは大学の中庭が一望できる。よく晴れているが風が強く、学生達の衣服はもちろん、地面の芝生まで揺れているのがわかる。

「今日は何のお弁当なの？」

「スープジャーの保温調理でリゾットを……あっ」

飯田係長とお揃《そろ》いのスープジャーを見たとたん、梅星さんの表情が少し険《けわ》しくなった。

やっぱり私と飯田係長が仲良くなっていると思い込んでいるようだ。

「飯田係長に憧れてるわけじゃないですよ！　むしろ私、あの人をギャフンと言わせたくて、スープジャーレシピに挑戦したんです」

初めて挑戦するレシピにはいつも失敗する私だが、今回は自信があった。何しろスープジャーが勝手に調理してくれるのだから、失敗のしようがない。

蓋を開けると熱々の白い湯気と共に、コンソメと野菜の香りがふわりと漂う——はずだったのだが。

「あれ？」

湯気がほとんど昇ってこない。顔を近づけてみても、温かい空気すら感じられない。中でドロリと溶けたチーズがスープに浮かび、米と野菜は沈んでいる。

これはもしや。

「ぎゃあぁぁー！　全っ然熱が通ってない！」

スプーンで掬って一口含んだとたん、私の口の中を魑魅魍魎《ちみもうりよう》が暴れ回った。

具材とスープが完全に分離していて、米に芯が残りまくっている。そして野菜もほとんど生だ。キャベツとニンジンはまだ食べられるが、玉ねぎは噛みしめる度《たび》に強烈な苦みが口内にほとばしる。

「玉田さん、大丈夫？　はい、お冷や」

「あ、ありらとうごらいます……」

お冷やで口の中の物を飲み下した後も、玉ねぎの苦みが舌に残っていた。いったいどうして熱が通らなかったのだろう。

「ひょっとして、具材を冷蔵庫から出してすぐスープジャーに入れちゃった?」

「え?　それじゃいけないんですか」

「いけないわよ。それと材料を入れる前のスープジャーも、熱湯で予熱しておかないと」

「は、はい……」

飯田係長をギャフンと言わせるどころか、食べられるかどうかも怪《あや》しい出来だ。落ち込む私に、梅星さんは自分のお弁当箱を出しながら言った。

「よかったら私のを半分あげるけど」

「わぁ、ありがとうございます!」

結局私は、今回も梅星さんに助けられてしまうのだ。

梅星さんのお弁当箱は何種類かあって、日によって使い分けているようだ。今日は黒地に紅白の椿《つばき》が描かれた、和風のスリムな二段弁当だった。上段の蓋を開けると、目にも鮮やかな品々がぎゅっと詰められている。

「美味しそう。筑前煮《ちくぜんに》ですか?」

「そうよ。週末に作り置きしていたのを詰めただけだけど」

家庭の味の代表ともいえる筑前煮だが、料理をしない両親のもとで育った私は、コンビニのお惣菜以外で食べたことがなかった。

「何だかこんにゃくが面白い形ですね」

「それは手綱《たづな》こんにゃくっていうの。見た目もいいし味も染みやすくなるのよ」

見れば見るほど手の込んだ逸品《いっぴん》だ。輪切りのニンジンも、花の形になるように飾り切りされている。ニンジンの切れ端は、付け合わせのポテトサラダに入れたようだ。

「うわっ。里芋《さといも》がツルツル滑ってつかめない」

「あはは」

綺麗な六角形をした里芋をようやく箸《はし》でつかみ、一口で頬張る。

生まれて初めて食べる手作りの筑前煮は、お惣菜とは全く違う美味しさがあった。味付けはあっさりしているが、その分一つ一つの野菜の味がしっかりと感じられる。

「梅星さん、こっちの玉子焼きも綺麗ですね」

「ありがとう。菜の花をハムと薄焼き玉子で巻いて作ったの」

菜の花は茹《ゆ》でたものをそのまま巻くのではなく、少量のマヨネーズとゴマで和《あ》えられていた。食べたことのない玉子焼きの味を堪能《たんのう》していると、梅星さんは「よかったらご飯もどうぞ」とお弁当箱の下段の蓋を開けた。

現れたのは、いつもの白米に梅干しを載せた日の丸ご飯。

「あら、どうしたの？　食べないなら私が全部いただくけど」

「い、いえっ。何でもないんです」

筑前煮も、菜の花の玉子焼きも、とても手間暇《てまひま》かけて作られていることがわかる。それなのに、どうしてご飯だけが毎日同じなのだろう。日の丸ご飯が悪いわけでは決してないが、飯田係長に手抜きと言われっぱなしで梅星さんは腹が立たないのだろうか。

そのときだった。

「あーっ、梅星さんったら、また日の丸ご飯？」

近づいてきたのはミニトートを持った飯田係長だった。いつものように、おかずにはノーコメントのまま、ご飯の方にだけケチをつける。そして、あろうことか私の隣の席に腰掛けたのだった。

「玉田さんは、ついにスープジャーデビューしたのね。何を作ったの？」

「え、いやこれは」

ほぼ生米のリゾットを知られてなるものかと、私はスープジャーをケースの中に仕舞い込む。同時に飯田係長が愛用のスープジャーをミニトートから出した。

「私はね、今日は保温調理のお味噌汁に、おかかとチーズの混ぜご飯おにぎりよ」

「梅星さん。あの……」

今日もお得意の時短弁当のようだ。

味噌汁の具は里芋のようだった。梅星さんの筑前煮に入っているのと同じく、綺麗な六角形のそれを、飯田係長は箸で器用に掬い上げてみせた。悔しいが今日も美味しそうだ。

「だけど……あれ？」

満足そうな顔で自作のお味噌汁を味わう飯田係長の姿を見ていたとき、私の中に忘れていた違和感がよみがえりかけた。昨日、リゾットの下ごしらえをしているときに抱いた違和感だ。いったいこのモヤモヤは何だろう。

今度こそその正体をつかみたい。そう思っていると、黙ってお弁当を食べていた梅星さんが突然、飯田係長に尋《たず》ねた。

「飯田係長。作る方は時短できても、スープジャーを毎日洗うのは結構手間がかかるんじゃないですか？」

それは私も昨日、スープジャーの構造を見たときに思ったことだ。しかし、飯田係長は何てことないといった様子でこう言い返す。

「全然平気よ。うちには食洗機があるからね」

飯田係長はすぐにスマホで自分の家にある食洗機を検索し、画面を私に見せてくる。十万円弱という値段もさることながら、約五人向けの大容量サイズで、設置工事も必要だそうだ。私にとって手を出せるようなものではなかった。

梅星さんは、梅干しの種だけが残ったお弁当箱を仕舞うと、飯田係長に一瞥《いちべつ》を投げた後、すっと立ち上がった。

「そうですか。それじゃ、私はこれで失礼します」

「あ、梅星さん待って。私も行きます」

私も慌てて後を追った。飯田係長と二人きりになんてなりたくなかったし、梅星さんにまだ話したいことだってあるのだ。

食堂を出た後も、梅星さんは早足で廊下を歩き続けた。飯田係長から離れたい一心なのだろうか。先日見てしまった日記といい、弱腰のところが何だかいつもの彼女らしくないと思ってしまう。

「梅星さんっ。あの、飯田係長のことなんですけど」

答えようとしない梅星さんの背中を追いかけながら、私はどうにか自分の抱いた感情を伝えようとする。

「私、自分でスープジャーのお弁当を作ってから、飯田係長のお弁当を見たときに何かが心に引っかかって」

その瞬間、梅星さんが急に足を止める。

「この間は和風ポトフ、今日は里芋の味噌汁、そして洗い物は食洗機か――」

「え？」

横に並んで梅星さんの顔を見た。その表情は、あの日記に書かれていたような弱気な内容とは全くそぐわなかった。全神経を集中させ、飯田係長のお弁当を分析している。

ミニトートを持つ拳にも力が入っているのが見てわかる。これまで梅星さんは、誰のどんなお弁当の謎を解くときでも、常に飄々《ひょうひょう》として感情を露《あら》わにすることはなかった。しかし、飯田係長を相手にした今は様子が違う。嫌がらせのターゲットにされたのが理由なのだろうか。

梅星さんと仲良くなりたいのに、彼女のことがますますわからなくなる。そして飯田係長のお弁当を見たときに抱いた違和感の正体もわからないままだった。

「とりあえず、ご飯を作ろう」

帰宅して頭も身体も疲れきっているが、それ以上にお腹《なか》が空《す》いていた。昨日冷凍しておいたみじん切り野菜を使い、クラムチャウダーを作ることにした。

野菜は冷凍のまま、熱した鍋に入れて解凍する。タイミングを見てサラダ油と細切りのベーコン、小麦粉大さじ一を追加し、粉っぽさがなくなるまで炒《いた》めていく。

そして鞄から、とっておきの時短材料を取り出す。

「帰りにコンビニで買った、あさりの水煮缶！」

一人のキッチンで誰に見せるわけでもないのに、私は水煮缶を頭上に高々と掲《かか》げた。あさりは砂抜きに時間がかかるイメージが強かったが、これなら下処理なしですぐに使うことができる。

缶の蓋を取ると、薄く白濁した煮汁の中にあさりの身がぎっしりと入っていた。

「ええと、確か煮汁も使うんだったよね……」

あらかじめスマホで調べていたクラムチャウダーのレシピを、再度確認する。

あさりの煮汁は捨てず、炒めた材料に注いで小麦粉がダマにならないように混ぜていく。水を入れて五分ほど煮込んだ後、あさりの身と牛乳、塩コショウを追加し、ふつふつと沸騰直前まで弱火で温めて――。

「できたぁー！　凄《すご》い、まだ家に着いてから三十分くらいしか経ってない」

トースターでパンを焼いている間に、作り置きしていたハニーマスタードチキンとブロッコリーのサラダも皿に盛りつける。

あっという間に今日の晩御飯が完成だ。

「美味しい。野菜はみじん切りにしたから、短い時間煮込んだだけでも柔らかくてトロットロになってる」

味付けは塩コショウだけなのに、まろやかに煮込まれた牛乳の中にあさりと野菜の旨《うま》みがぎゅっと詰まっていて、疲れた頭と身体に染みわたる。

あぁ、私、料理好きだな。

昨日は飯田係長に一泡吹かせてやりたいという気持ちで料理をしていた私だったが、今日はそんなことを完全に忘れてしまっていた。勝つか負けるかなんて、美味しいものを作る楽しさに比べれば些細《ささい》なことだ。

私はまだ決して料理が上手《うま》くはない。だけど、誰かに認めてもらえなくても、私自身の心が料理を楽しんでいる。それは私にとって幸せなことだ。

「そういえば、梅星さんは私のお弁当を『邪念がない』って言ってくれてたな」

梅星さんもきっと、私と同じかそれ以上に、お弁当を作ることが好きなはずだ。いつだったか二人で、魚のおかずを交換したときの彼女の笑顔は忘れられない。

梅星さんが飯田係長のことから解放されて、またあの笑顔を取り戻すことができればいいのに。

翌日、私に転機が訪れた。

業務の関係でランチメンバーのうち辛藤さんと酢田《すだ》さんが昼休憩の時間をずらすことになり、情報通の塩見さんと二人で昼食をとる流れになったのだ。

「玉田さん、スープジャーのお弁当美味しそうね」

「えへへ。昨日の晩ご飯の残りですけどね」

今日は熱湯でスープジャーをしっかり予熱した後、温め直したクラムチャウダーを入れた。おかげで昼時の今も中身は熱々のままだ。クラムチャウダーを温めている間、バターロールに玉子ディップとレタスを挟んで簡単なサンドイッチも作った。

「私もたまにはお弁当作ってみようかな」

そう言いながら、塩見さんは食堂名物の激辛《げきから》カレーを口に運ぶ。

激辛カレーのレシピは公開されていないが、見た目はごく普通のおうちカレーだ。具は鶏肉に玉ねぎ、ニンジン、じゃがいもの定番野菜。

「んーっ、この舌がしびれる感覚、たまらないわ」

「辛さの秘密はいったい何なんでしょうね。激辛のカレーってもっと赤かったり黒かったりしそうだけど、うちの食堂のは普通の色だし」

「ああ、これはみじん切りした青唐辛子《あおとうがらし》を入れてるって聞いたことがあるわ」

私の疑問をあっさりと解消する塩見さん。確かによく見ると、細かく刻まれた野菜がルーの中に混ざっているのがわかった。

それにしても、この大学に関する塩見さんの情報通っぷりには圧倒される。塩見さんはランチメンバーの中では一番年上で、確か梅星さんと同じ二十九歳だ。新卒からこの大学に勤めて十年も経っていないが、ベテラン職員でも知らないような大学の裏話も多数仕入れている。

彼女なら、私が知らない梅星さんや飯田係長のことも知っているかもしれない。

「あのっ。塩見さんって、梅星さんとはよく話したりするんですか」

思いきって聞いてみたが、塩見さんは首を横に振った。

「全然よ。彼女が入職したてのときは、同い年だし仲良くなろうと思って色々話を振ってみたんだけど、会話してても何だかつまらなくて。あの人、自分のこと全く言わないし、秘密主義というか……」

会話がつまらないと感じたことはないが、梅星さんが自分のことを言わないのは私と話しているときも同じだった。四月に出会い、夏に初めて業務外で言葉を交わして、今までわかったことといえば、彼女がお弁当好きということくらい。

梅星さんに関する情報はいったん諦《あきら》め、私は飯田係長についても塩見さんに聞いてみた。

「過去に飯田係長に嫌がらせをされたのって、どんな人がいたんですか」

「そうねぇ、私も全員知ってるわけじゃないんだけど」

うーんと考えながら、塩見さんは激辛カレーのルーにスプーンを突っ込む。一番大きなジャガイモを口に入れた直後、「んんっ?」と妙な声を出した。

「どうしたんですか」

「このジャガイモ、ちょっと芯が残ってて硬い」

他の野菜はちゃんと煮えているのにと、塩見さんは不意打ちを喰らったような顔で文句を言った。

「他のより大きいから、熱が通りにくかったのかもしれませんね」

塩見さんに渡そうとお冷やに手を伸ばしかけたそのとき、あることに気づいて私は「あっ」と声を漏らした。

「どうかしたの?」

今度は塩見さんの方が私に尋ねてくる。

「すみません、何でもないです」

私が気づいたことは、今ここで塩見さんに話すべきことではなかった。

お冷やでジャガイモを飲み込んだ後、塩見さんは改めて、飯田係長の過去のターゲットのことを思い出そうとした。

「私が知ってる中で一番被害が酷《ひど》かったのは、昨年度に退職した私の同期」

その人は入職後しばらく附属病院で勤めた後、大学に異動が決まり、経理部と同じくらい激務と言われている人事部に配属された。当初は忙しくも充実した社会人生活を送っていたそうだ。

料理が好きで、仕事が忙しくても毎日お弁当を作ってきていた。しかし、飯田係長に目をつけられてからは、皆の前で何かにつけ嫌みを言われるようになった。

「しかもその人、新卒採用の担当になったのがきっかけで、飯田課長から根も葉もない噂を流されたの。大学生相手に『採用されたかったら自分と付き合え』と、自分の立場を利用して口説いてるってね」

大人しく我慢強いタイプだったというその人は、噂に対して抗《あらが》うこともなく、じっと耐えていたらしい。しかし、それがいけなかった。普段の大人しい性格と噂の内容のギャップのせいで、その話は大学中に広まってしまったそうだ。

「もちろん私や他の同期をはじめ、噂を信じない人もいたわ。だけどたくさんの職員から後ろ指を差されるようになって、ついにその人は心を病《や》んで退職してしまったの」

聞けば聞くほど酷い話だ。しかし、私の頭は必然的に、全く別の方向に考えを巡らせ始めてしまった。

飯田係長の時短弁当を見て抱いた違和感。

梅星さんが大企業を辞《や》めて派遣職員になってまで、この大学に来た理由。色々な人のお弁当を観察し、分析していた理由。

飯田係長から馬鹿にされても、毎日日の丸ご飯のお弁当を作り続ける理由。

そして梅星さんの言っていた「するべきこと」——。

これまで自分で見たり聞いたりしてきたことと、今の塩見さんの話を結びつけると、一つのストーリーが出来上がっていったのだ。

「ありがとうございます、塩見さん。私、少しわかったような気がします。飯田係長と梅星さんのことが」

「へっ?」

塩見さんは眉をひそめ、なぜ梅星さんが関係あるのかと言いたげな表情だ。しかし、私は気づいてしまった。飯田係長と梅星さんには、以前から因縁《いんねん》があったのだ。

明日、飯田係長を呼び出して事実を突きつけようと、私は心に決めた。彼女と話をつけ、梅星さんへの嫌がらせをやめさせるのだ。

翌日、私はある料理をスープジャーに仕込んだうえで、昼休憩の時間に飯田係長を呼び出した。

　場所はいつだったか、梅星さんと二人でお弁当のおかずを交換した小会議室だ。今日も人の姿はないが、午後からどこかの部署が使用するのか、パソコンとプロジェクターが準備された状態で机の上に置かれていた。

「玉田さんったら、何もこんな狭いところに呼び出さなくてもいいじゃない」

「すみません。どうしても二人でお話ししたいことがありまして」

　嫌がらせのターゲット以外にはとことん友好的な飯田係長は、二人で話したいことがあると言われたとたん、気をよくする。

「何かの相談かしら」

「実はですね、飯田係長に倣《なら》って私もスープジャーで保温調理に挑戦したんです。それで、出来を係長に確かめてもらいたくて」

　私がスープジャーの蓋を開けると、白い湯気と共に、和風だしの香りが部屋の中に広がっていく。

　作ったのは、前に飯田係長が持ってきていたものと同じ和風ポトフだ。具も、くし切りにしたカブをはじめ、ニンジン、レンコンなど、あのときの彼女のレシピと同じ。

「飯田係長に教えていただいたとおり、切った野菜をスープジャーに入れて、熱々の和風スープを注いで作ったんです。よければ一つ、召し上がってください」

あくまで礼儀正しく振る舞いつつ、私には狙いがあった。その狙いに気づいたのか、私がスプーンを差し出しても飯田係長はすぐに受け取ろうとしない。

「どうされたんですか？」

「……」

答えようとしない飯田係長に代わって、私はずっと前から彼女の時短弁当に対して抱いていた違和感の正体を口にした。

「やっぱり、ご存じなんですよね。この方法だと、野菜にしっかり熱が通らないということを」

スプーンの先をカブに押し当ててみるが、硬くてびくともしない。色もほとんど真っ白で、煮汁が染みていないのがわかる。

「スープジャーで野菜に熱を通しやすくするためには、みじん切りや薄切りにしておく必要があります。なのに、飯田係長のお弁当にはいつも大きめの具がゴロゴロ入っていました。あれくらい大きい具材を、スープジャーの保温調理だけで完全に熱を通すことなんて不可能なんです」

けれど、飯田係長のお弁当はいつも、大きな具材も柔らかくなるくらい熱が通っているようだった。あのお弁当はスープジャーで保温調理された時短弁当ではなく、手間をかけて煮込んで作られたものであるはずだ。

「飯田係長がどうして、手間をかけて作ったものを時短レシピだと偽《いつわ》ったのか、私にはわかりません。だけど、梅星さんのお弁当に嫌みを言うのはもうやめてほしい。今日はそれを伝えたかったんです」

　私の推理について、飯田係長はノーコメントだった。しかし、梅星さんの名前が出たとたん、不愉快そうに顔を歪ませた。

「どうしてそこで梅星さんが出てくるわけ?」

「梅星さんもきっと、係長のお弁当の正体に気づいています。これ以上係長がマウントを取るようなことをしたら、皆のいるところで暴かれかねませんよ」

　梅星さんは飯田係長に恨みを抱いている。

　そして、それは梅星さん自身に関する恨みではない。梅星さんは、昨年度に飯田係長から嫌がらせを受けて退職した元人事部の職員と何らかの親交があるのだと、私は確信していた。

　私がこの考えに至ったのは、梅星さんのデスクに置かれていた日記がきっかけだった。中を見てしまった当初、私はあれが梅星さん自身の日記だと思い込んでいた。しかし、塩見さんから元人事部の職員の話を聞いたとき、ふと気づいたのだ。

〈今日も飯田さんから、皆の前で日の丸ご飯の弁当を馬鹿にされた〉

〈飯田さんに悪い噂を流されている。「あいつは自分の立場を利用して、異性を口説いているのよ」と〉

あの日記は梅星さんのものではない。どういう経緯《けいい》で梅星さんの手に渡ったのかはわからないが、飯田係長から嫌がらせを受けて退職した、元人事部の職員のものだ。

日記の内容を見たときから、おかしいと思っていた。派遣職員の梅星さんが〈自分の立場を利用して〉と言われることに違和感があったのだ。そして、その内容は塩見さんから聞いた、元人事部の職員が受けた嫌がらせの内容と完全に一致している。

日記で飯田係長の表記が、係長ではなく〈飯田さん〉になっていたのも、日記が過去に書かれたものなら納得がいく。件《くだん》の嫌がらせがあった昨年度まで、飯田係長はまだ係長ではなく主任だった。教務課の白須《しらす》さんもそうだが、この大学の事務では、主任のことは「主任」ではなく「さん」付けで呼ぶことがほとんどだ。

そして私は重大なことを見落としていた。日記に書かれていた文字は、小さな丸文字だった。いつも私にメッセージ入りのメモをくれていた、明朝体《みんちょうたい》の印字のような梅星さんの文字とは全然違う。

元人事部の職員は塩見さんの同期だから、梅星さんとは同い年だ。梅星さんはその人から日記を譲り受け、その情報をもとに飯田係長に接近して復讐することを決めた。そして、その人と同じように日の丸ご飯を毎日お弁当に入れ、自《みず》ら《か》ターゲットになることで飯田係長に近づこうとした。

梅星さんが何度も口にしていた台詞《せりふ》を、私はまた思い出す。

『毎日のお弁当には、その人の暮らしぶりが如実《にょじつ》に表れる』

飯田係長のターゲットになるのは、一人暮らしでお弁当作りが上手な人。それを知った梅星さんは、飯田係長がお弁当に対して何らかの負の感情を抱いていると推理した。飯田係長の弱みを握る鍵は、おそらく彼女のお弁当にある。そう考えた梅星さんは、飯田係長から嫌みを浴びながらも、彼女のお弁当を観察し続けようとした。

それと共に、梅星さんは飯田係長以外の人に対しても、お弁当を観察してその人の背景を推理するようになった。飯田係長との対決に備え、思考力を養うために。

『私には、するべきことがある』

梅星さんはそう言っていた。きっと、元人事部の職員とはとても親しい仲だったのだろう。その人の敵《かたき》を討つために、梅星さんは大企業を辞めてまでこの大学に転職したのだから。

だけど私は、梅星さんに復讐なんてさせたくなかった。

私自身、飯田係長をやっつけたいという思いでスープジャーのお弁当を作ろうとしたときもあった。けれどその翌日には、料理すること自体を楽しんで作る方がずっと幸せだということに気づいたのだ。

梅星さんと一緒に色々な人達のお弁当を見て、推理して、思いもよらないような事情や目的のためにお弁当を作っている人もいるということを知った。

そんな中で、梅星さんは私にこう言ってくれた。

『玉田さんのお弁当は、邪念がなくて本当に素敵だと思うわ』

きっと梅星さんも本当は、復讐なんて考えず、純粋にお弁当作りを楽しみたいと思っているのだろう。

元人事部の職員に飯田係長がしたことは許されざることだ。けれど、飯田係長に復讐したところで、その人が幸せになれるわけでもない。

だから私は、梅星さんを飯田係長から引き離そうと決めて、今日この場に臨《のぞ》んだ。

「時短弁当が嘘だってことを皆にバラされたくなかったら、梅星さんから離れてください。私は梅星さんと楽しくお弁当を食べたいんです」

「――ハッ！」

必死の思いで訴えた私だが、飯田係長は鼻で笑い飛ばした。

いったい何が可笑《おか》しいというのだろう。訝《いぶか》しむ私に、飯田係長は予想外の言葉を返してきた。

「勝手に話を進めないでちょうだい。私は嘘なんてついてないわ。スープジャーの時短弁当は、レンジである程度加熱した野菜を使って作っているんだから」

「レンジで……？」

「そうよ。里芋の皮むきだって、レンジを使えばあっという間に簡単にできちゃう」

生の野菜なら、小さめにカットしなければスープジャーの保温機能だけでは熱が通らないだろう。だけど確かに、あらかじめレンジで少し加熱したものであれば、大きめの具材でも十分柔らかく仕上がる。

「本当、言いがかりも甚《はなは》だしい。何が『皆に嘘をバラす』よ。私の方こそ、あなたから受けた名誉棄損《きそん》を公表したいくらいだわ」

「うぅ……」

「私はね、自由気ままに一人暮らしをしているあなた達とは違うの。実家で親の面倒も見ながら、本当に限られた時間で料理をしなきゃいけないのよ」

それは前にも聞いたことがあった。飯田係長は、身体の弱いお母さんの面倒を見るために実家で暮らしているのだと。彼女が一人暮らしばかりを狙って嫌がらせをするのは、自分にない自由を楽しんでいるように感じて腹が立つからなのか。

だけどこれ以上、私には推理できる気がしない。

「た、大変申し訳ございません——」

大人しく謝罪するしかないと頭を下げた、そのとき。

「いいえ。玉田さんの推理は当たっているわ」

入り口から聞こえてきたのは、間違いなく梅星さんの声だった。

思わず顔を上げ、後ろを振り向く。ミニトートを片手に持った梅星さんは、ちょっと呆れたような顔を私に向けてこちらに歩いてきた。

「まったく。飯田係長に近づいて、彼女自慢の時短弁当の秘密を皆の前で暴露してやろうっていう計画だったのに」

「それじゃ、やっぱり……」

梅星さんは小さくうなずくと、飯田係長の方を向き、真正面から睨《にら》みつける。

「ええ、そうよ。玉田さんの言ったとおり、飯田係長のお弁当は時短料理ではなく、手間をかけて作られたもの。さっき係長は、レンジを使って野菜を下処理したって言ってたけど、それも嘘である可能性が高い」

「ど、どうしてそんなことが言えるのよ！」

私に問い詰められたときと違い、飯田係長は明らかに動揺しているようだった。梅星さんの気迫に圧倒されているのか。あるいは、レンジを使った野菜の下処理について指摘されるのは想定外だったのだろうか。

梅星さんは、私が思いつきもしなかったことを飯田係長に向かって言った。

「係長の味噌汁に入っていた、里芋の形ですよ」

「里芋の形？」

食堂で飯田係長が隣の席に座ってきた日、スープジャーの味噌汁に里芋が入っていた。梅星さんのお弁当の筑前煮と同じように、側面が綺麗な六角形になっていた。

「飯田係長。あなたはさっき玉田さんに、レンジを使って里芋の皮むきをしたっておっしゃってましたよね。確かにレンジを使った皮むきは簡単で時間のかからない方法だと言われています。だけど、それだと里芋はあんなに綺麗な六角形にはならないはずです」

「そ、それは……！」

飯田係長は何も言い返せなくなる。

里芋なんて調理しようとしたことすらない私は、ただ梅星さんの話に耳を傾けた。

里芋の皮むきにはいくつかの方法があるらしい。電子レンジを使った皮むきは、包丁で皮に一周切り込みを入れ、加熱した後に皮をむくというやり方だ。手でつるんと簡単にむける方法ではあるが、形はもとの里芋の原型を保ったままになる。

一方で、梅星さんの筑前煮や、飯田係長の味噌汁に入っていたような里芋は「六方むき」と呼ばれる方法で皮むきをされたものだ。

「里芋は加熱した方が皮をむきやすくなるけど、綺麗な六角形にするためには、生の里芋に包丁を入れなければいけない。里芋のぬめりのせいで手が滑って切りにくいし、時短とは程遠いやり方なんです」

さらに梅星さんが言うには、里芋は濡れたままだとぬめりが強くなってしまうため、六方むきをするときは洗ってから時間をかけて乾かす必要があるそうだ。

「時間のない中で、時短レシピを極めているなんて真っ赤な嘘。飯田係長のお弁当は手間をかけて作られたものです。それに、洗い物だって」

「ま、まだ言い足りないっていうの」

「ええ。時間を省くために食洗機を使っているとおっしゃっていましたが、食洗機で洗えるスープジャーが限られているのをご存じですか」

梅星さんはミニトートからスマホを取り出し、飯田係長愛用のスープジャーの商品ページを表示させた。そこには食洗機非対応の注意書きがあった。

「対応していないスープジャーを食洗器で洗うと、内部がダメージを受けたり、本体底の保護シートが剝《は》がれたりして保温機能が使えなくなってしまう。さらに、蓋がプラスチックでできているなら、食洗機の熱で変形する危険性があるんです」

飯田係長のスープジャーは保温機能を失うことも、蓋が変形することもなく使い続けられている。それは毎日、食洗機を使わずに手洗いされているという証拠だ。

「それじゃあ、つまり」

私は何とか梅星さんの推理をもとに考えをまとめようとする。

飯田係長は仕事が忙しいうえ、家では病気がちな母親の面倒も見なければならず、料理は限られた時間を効率よく使って行わなければならない。そのために時短レシピを活用しているのだと、彼女はいつも言っていた。

しかし、それは嘘だった。飯田係長のお弁当は、野菜の下処理から時間と手間をかけて作られたもの。洗い物も、毎日スープジャーの部品を分解して手洗いしているのだ。

「でも梅星さん。どうして飯田係長は、わざわざそんな嘘をついたんでしょうか」

「そうね……」

刺すような視線を梅星さんから向けられ、飯田係長の額《ひたい》には玉のような汗が浮かんでいる。いつも涼しい顔をして仕事をこなしている彼女のこんな姿を見るのは初めてだ。

　梅星さんは、それでも容赦なく飯田係長を追い詰めた。

「飯田係長。あなたは皆にこう尋ねられるのが怖かったんじゃないですか。『どうして時間がないのに、そんなに手間をかけられるんですか』――そして『本当に自分で作ってるんですか』って」

　確かに、そんな疑問が浮かんでくる。自分には時間がないと言う飯田係長だが、それなら手間のかかる料理や、洗い物が面倒になるようなスープジャーは避けるはずだ。

　ということは――。

「もしかして、本当は親の面倒を見るために実家暮らしをしているのではなく、逆に、親に毎日お弁当を作ってもらっているんじゃないですか」

　梅星さんの単刀直入な質問に対し、飯田係長は黙ったままだ。

「だとすると、あなたが一人暮らしでお弁当を作る人ばかりを狙って嫌がらせをする理由も、おおよそ見当がつきます。あなたは大人になっても実家で親に世話をしてもらっていることにコンプレックスを抱いていた。だから自立して仕事と家事を両立している人を妬《ねた》ましく思い、攻撃の対象にするようになったのでは？」

　飯田係長が母親の面倒を見るために実家暮らしをしていると主張していたのも、実際は親に世話してもらっていることへのコンプレックスを隠すための嘘だったのか。

「あなたはいつも、自分のお弁当を皆に披露《ひろう》して時短テクを語っているけど、やめた方がいいと思います。きっと今後も話せば話すほど、ボロが出てくる。それよりも、一品だけでもいいから嘘をつかずに自分でおかずを作るところから始めてみては――」

飯田係長が、ギリリと歯を食いしばったのが見てわかった。

次の瞬間、彼女は梅星さんの忠告を遮《さえぎ》ってこう叫んだ。

「人の気も知らないで、偉そうに言わないでよ！」

業務中には聞いたことのない、まるで幼い少女のような飯田係長の叫びに、私は言葉を失った。ひょっとすると、これが本来の彼女の姿なのかもしれない。

もはや取り繕うこともせず、飯田係長は初めて自身の胸の内を吐露《とろ》した。

「今さら料理を始めても、もう遅いわよ。子どもの頃からずっと箱入り娘で、自分で家事をするどころか、手伝ったこともない私には」

飯田係長は、なかなか子どもを授かれなかった両親のもとに生まれた待望の一人娘だったそうだ。何不自由ない子ども時代を過ごしたが、大人になるにつれ、何でも両親にしてもらってばかりの自分に対し、焦《あせ》りが出てきたのだという。

「自分で料理をしてみたいって思ったこともあるけど、親には言えなかった。母親は料理が得意だから、私がする必要なんてないって言われるのが目に見えてたもの。気がつけばこの年になっても料理経験ゼロの実家暮らしよ」

「そうだったんですね……」

もちろんどんな事情があったとしても、職場で嫌がらせをしていい理由にはならない。けれど、話を聞くと飯田係長にも同情できる部分はあった。

そしてこんな風にも思う。彼女は私と似たようなところがある。私とは真逆のような環境で育っていながらも。私は料理をしない両親のもとで育ち、自分が料理をするなんて考えたこともないまま大人になった。一方で、飯田係長は料理の得意な母親に育てられ、自分で料理をする機会がないまま大人になったのだ。

「まだ遅くないですよ、飯田係長」

私はつい、飯田係長に励ましの言葉をかけてしまった。

「私も、大人になるまで料理をしたことがなかったんです。社会人になって、初めてお弁当を作ろうとしたけど、最初は玉子焼きの一品《ひとしな》すらまともに作れなかった」

それまで険《けわ》しい顔をしていた梅星さんが、突然、私の隣でクスッと笑った。あの青カビが生えたような玉子焼きを思い出してしまったのだろうか。

クスクス笑う梅星さんを見て、飯田係長もどうしていいかわからない様子だ。私はちょっと複雑な気持ちになりつつも、梅星さんに笑顔が戻ったことを嬉しく思った。

「な、なによっ……」

　言葉を詰まらせる飯田係長。彼女は本来、真面目《まじめ》で努力のできる人だ。普段の仕事ぶりを見ているだけでも、それはわかる。今から少しずつ料理を始めれば、きっとすぐに上達するはずだ。

　さっきまでより少し緩《ゆる》んだ空気の中で、私達は飯田係長の反応を待った。

　しかし、そのとき廊下から事務員数人の話し声が聞こえてきた。歩きながらこの部屋に近づいてきているようだった。

「もしかすると、会議が始まるのかも」

　机の上に準備されているパソコンとプロジェクターの存在をすっかり忘れていた。場所を移そうと提案するより先に、飯田係長は置いてあった自分のミニトートを手に取り、足早に部屋を出ようとする。

　そして扉を開ける直前、私達の方を向いて吐き捨てるように言った。

「もういい、私は仕事に生きるんだから！　派遣や役職なしの人達と違って、料理してる暇《ひま》なんてないのよっ」

　飯田係長は扉をピシャリと閉めて立ち去り、入れ替わるようにして会議に出席する職員達が入ってくる。

私と梅星さんも慌てて部屋の外に出た。

この日、教務課は月に一度のノー残業デーだった。他の部署が残業に入ろうとしているところ、定時である五時になると共に、教務課の面々はデスクを離れる。

着替えを済ませて外に出ると、夕日が今にも、遠くに見える山の稜線《りょうせん》に消えていくところだった。忙しい冬は残業が常態化し、暗くなる前に退勤できるのは久しぶりだ。

そんな中、私は梅星さんと二人、駅に向かって歩いていた。

「えっ！　私のデスクにあった日記を見たの？」

大きめのダウンジャケットに身を包んだ梅星さんが、目を見開いて私の方を向く。日記を見てしまったことを隠し続けるのが心苦しくて打ち明けたのだが、やはり気づかれていなかったようだ。

「あれ、私の日記じゃないわよ」

「わかってますよ。少ししか読まなかったけど、梅星さんの字じゃなかったし」

私の思っていたとおり、日記はやはり、昨年度に飯田係長からの嫌がらせを受けて退職した元人事部の職員のものだった。

「友達なんですか？」

「婚約者よ。といっても、今は結婚の話はいったんストップしているけど」

一瞬、言葉を失った。日記の文字の感じや、お弁当作りが得意だという情報だけで、勝手に女性だと思い込んでしまっていた。

「大学時代からずっと付き合ってて、お弁当作りが好きな優しい人。私が料理をするようになったのも彼の影響なのよ」

実は、梅星さんが前の仕事を辞めたのは、彼との婚約が理由だった。激務で家庭との両立が難しそうだったため、別の仕事を探そうと思っていたらしい。

「彼が心を病んで退職したのは、私が仕事を辞めて一ヶ月くらい経った頃だったわ。信じられない気持ちだった。だって、彼は退職する直前まで、私の前ではいつも明るく振る舞っていたから」

彼は今の状態で結婚に進むのは難しいと梅星さんに伝え、恋人としての関係は保ったまま、婚約の話は一度白紙になった。梅星さんは何とか彼を支えようとしているが、心身の調子は一進一退の繰り返しだという。

以前、梅星さんに恋バナを振ったときのことを思い出す。伊倉《いくら》さんと岡河《おかか》さんが結ばれた日、「梅星さんも、素敵な恋をしたことがあるんですか」と尋ねた私に、梅星さんは「今も、してるわ」と返した。

「そして彼が退職してから少し経ったある日、彼の部屋を訪れた私は見つけてしまったの。彼が飯田係長からされたことを詳細に綴《つづ》ってあるあの日記を」

彼がお茶を淹《い》れるために部屋を離れたとき、彼の本棚を眺めていた梅星さんは、本と共に一冊のノートが置かれていることに気づいた。勝手に見てはいけないと思いながらも、少しだけならと手に取ったところ、彼が部屋に戻ってきたそうだ。

「焦《あせ》った私は、つい手に持っていた自分の鞄の中にノートを入れて隠してしまったの。その後も本棚に戻すタイミングがないまま、帰ることになった。それで帰宅した後、自分の部屋で一人そのノートを読んでいるうちに、飯田係長への怒りを抑えきれなくなって——」

梅星さんが復讐を思いついたのは、そのときだった。

このノートを持って、彼の敵《かたき》がいる大学に乗り込もう。彼が記した情報をもとに、敵に近づいて復讐を果たそうと、梅星さんは心に決めた。

「彼は、梅星さんがこの大学に転職したことを知ってるんですか?」

「いいえ。転職したことは伝えているけど、この大学とは言っていないわ。もしかすると、日記がなくなったことには気づいているかもしれないけど……」

地面に伸びた二人の影に、ぼんやりと視線を落としながら歩く梅星さん。

私はなんとか彼女にかけるべき言葉を探そうとした。

「梅星さんに嘘を見破られたから、飯田係長も、もう誰かをターゲットにして嫌がらせをすることなんてできないでしょうね」

「ふふ、そうかもね」

梅星さんはまだ元気を取り戻せていないようだった。飯田係長をこらしめて、これ以上被害者を増やさないようにすることはできても、過去に嫌がらせを受けた彼が救われるわけではないのだ。

しかし、そう思っていると、梅星さんは私に予想外の言葉をかけてきた。

「私は彼の敵を討つためにこの大学に来たけど、玉田さんと話しているときは、復讐のことなんて忘れそうになったものよ」

「へっ？」

「お弁当作りにのめり込んでいくあなたの姿を見ているのが、本当に楽しかったんだもの。まるで昔の私――彼に触発されて料理を始めた頃の私みたいで」

何かから解放されたような梅星さんの笑みを見て、私はようやく彼女と気持ちが通じ合えたように思った。

私は梅星さんに助けられながらお弁当を作るのが楽しかった。梅星さんも同じ気持ちだったのだ。私が梅星さんと仲良くなりたいと思っていたように、梅星さんもまた、私と仲良くなりたいと思ってくれていた。

「あの、梅星さん。春になったら一緒に、お弁当を持ち寄ってピクニックに行きませんか。もし大丈夫そうなら、梅星さんの彼も誘って三人で」

私は勇気を振り絞って提案した。

梅星さんは、飯田係長に復讐を果たすためにこの大学に来たわけじゃない。彼と二人、笑顔を取り戻すためにこの大学に来たのだと信じたかった。

そして私は、そのためにできることをしたい。

「私、玉子焼きをいっぱい作って持っていきますから」

私はどうせまた、お弁当作りの過程で何かをやらかすだろう。だけど、きっとまた梅星さんは笑って自分のお弁当を分けてくれる。

梅星さんが私の方を向いて微笑んだ。頬に夕日の光が当たっていた。

「ええ、喜んで」

梅星さんがピクニックに持ってくるお弁当は、どんな風になっているだろう。

「だけど玉田さん、ピクニックなんてしたことあるの？」

「な、ないですよ……梅星さんは？」

「私？　私も初めて！」

毎日のお弁当には、その人の暮らしぶりが如実に表れる。友達が少なかった私と、一人孤独な闘いに挑んでいた彼女は、お弁当を通した不思議なご縁で出会い、少しずつ絆を深めてきた。そして、もうすぐ一年になる。

駅の改札口で、私達は別のホームへと別れた。

「じゃあ、また明日ね」

「はい、また明日」

春が来て、陽だまりの中でお弁当を囲む私達、心置きなく笑い合う私達の姿を心に思い描きながら、私は梅星さんに手を振った。

エピローグ　～二年目の春～

「んんーっ!?　何これ、美味《おい》しい！」

自宅のキッチンで、たった今作ったばかりのタルタルソースをスプーンで味見しながら、私は一人小躍《こおど》りした。三月下旬のとある休日。特に予定もなかったので、ゆっくりと時間をかけて晩ご飯の準備をしていたところだった。

仕事の方は先日、学生の卒業式が終わった。医師への道を歩み始める彼らを見送っていると、急に自分の大学時代を思い出して懐《なつ》かしい気持ちになった。

学生時代は毎日コンビニに通い、チキン南蛮のお弁当をよく買って食べていた。久しぶりに卵たっぷりのタルタルソースが食べたくなり、自分で味を再現してみようと思い立ったのが数日前のこと。

さっそく必要な材料を揃《そろ》えようとしたものの、生活圏内のスーパーを数件回ってもピクルスが見つからなかった。玉ねぎやキュウリで代用しようかと悩んでいると、梅星《うめほし》さんからこんなアドバイスがあった。

『タルタルソースは、ピクルスの代わりに刻んだらっきょうを入れても美味しいわよ。漬け汁も捨てずにちょっと入れれば、いい感じの甘酸っぱさになるわ』

教えてもらったとおり、ゆで卵とマヨネーズとらっきょう、塩コショウだけのシンプルな材料で作ってみたところ、びっくりするほど美味しかった。ほんのり和風な、優しい甘さが口の中に広がる。

部屋の掛け時計を見上げると、まだ昼の二時過ぎだ。今からチキンを揚げるのはさすがに早いなと思い、一度キッチンから離れる。

「サブスクで映画でも観《み》ようかな」

その前にもう一度だけチキン南蛮の作り方をおさらいしておこうと、スマホでレシピサイトを開く。タルタルソースはもう出来上がっているので、あとはチキンを揚げるだけだと思ったのだが——。

〈鶏肉《とりにく》は、フライパンに一センチの高さまで油を注ぎ、百七十度で揚げ焼きにします〉

一センチは目で見てだいたいわかる。けれど「百七十度」とは……？　たぶん油用の温度計があるのだとは思うが、持っていない場合はどうすればいいのか。

こんなとき、今までの私ならすぐにスマホの検索サイトに助けを求めていた。思いついた関連ワードの羅列《られつ》を入力するだけで、すぐに答えを見つけることができる。とても便利で、調べることに何の不自由を感じたこともない。

けれど今、スマホを持った私が開いたのは、検索サイトのページではなくLINEのトーク画面だった。つい先日、梅星さんとLINEを交換したのだ。

〈こんにちは！　チキン南蛮を作りたいんですけど、油の温度ってどうやって見極めたらいいのでしょうか？〉

私は「HELP」のスタンプと共に、梅星さんにメッセージを送る。梅星さんの返事は仕事でのメールのやり取りと同じく、いつも簡潔かつ早い。今日も数分で既読がつき、そこから間もなく返事が来た。

〈熱した油に菜箸《さいばし》を入れてみて。箸全体から泡が出てきたタイミングが揚げどきよ。〉

この短時間で的確なアドバイスを送ってくれるなんて、さすが梅星さんだなと思う。けれど、私が梅星さんを頼った理由は、自分で調べるより早いということだけが理由ではない。料理という共通の楽しみを持つ友達ができ、休みの日でもこんな風にやり取りができることを、私はとても嬉しく感じている。

そしてもう一つ、嬉しい知らせが梅星さんから届いた。

〈それと、私事《わたくしごと》なんだけど〉

そこで一度メッセージが途切れる。梅星さんにしては珍しく、何と送るか考え込んでいるのだろうか。気になってトーク画面を開いたまま、私は何をすることもなく彼女の返事を待った。

すると。

〈彼氏の再就職が決まりました。
今日は二人でお祝いデートしています♡〉

梅星さんがハートマーク？　と目を疑ったのも束《つか》の間《ま》、今度は一枚の写真がトーク画面に送られてきた。残念ながら二人のツーショットではなかったが、満開の桜を見上げるように撮られた写真からは、木の下で笑い合う二人の姿が目に浮かぶようだった。

思わず〈「私事なんだけど」なんて要《い》りませんよ！〉と送ってしまった。そんな他人行儀な、かしこまった前置きなんてなくても、私は自分のことのように嬉しく思っている。

〈本当におめでとうございます。
デートの最中にＬＩＮＥ送っちゃってすみません；〉

今度は梅星さんの方からすぐ〈そんなことで謝らないで！〉と返事があった。ＬＩＮＥを交換したばかりの私達は、まだどこかお互いに遠慮がちなところがあるようだ。

梅星さんが続けてメッセージを送ってくる。

〈桜の綺麗な場所を見つけたから、散ってしまう前に一緒に行きましょう。

もちろんお弁当持参でね。〉

私はすかさず〈喜んで！〉の返事と共にスタンプを送る。

梅星さんとのやり取りが一段落し、スマホを手放したとたんに再びＬＩＮＥの通知音が鳴った。

また梅星さんだろうかと思ったが、メッセージを送ってきたのは実家の母親だった。

〈久しぶり、元気にしてる？〉〈うん、元気だよ〉と続いた後、何の用かと思っていると母はこんな質問をしてくる。

〈アイコンの写真のお弁当、典子《のりこ》が作ったの？〉

私のＬＩＮＥのアイコンは、自分で作ったお弁当の写真だ。梅星さんとＬＩＮＥを交換したときに、彼女のアイコンが自作のお弁当の写真だったので、触発されて同じように設定してみたのだった。

だけど、どうして母はそんなことをわざわざ尋《たず》ねてきたのだろう。私の疑問は、続く母からのメッセージを見たとたんに解消された。

〈あなたが家にいた頃、一度もお弁当を作ってあげられなくてごめんなさい。

ずっと謝りたかったんだけど、タイミングがつかめなかったの。〉

少し胸が締め付けられると同時に、年末年始に帰省したときのことを思い出す。今も料理をほとんどしない両親との食事は、外食や買ってきたお惣菜ばかりだった。そんな中で、私は料理をするようになったことを両親に話せなかった。

食事は美味しく、楽しかった。けれど両親が私に対して後ろめたさを抱いていることに、私は薄々気づいていながら気づかないふりをしていた。両親は私に手作りのご飯を食べさせられなかったことを、今でも後悔している。

だけど必死に働いて、私を育ててくれた。大人になった今、私は幸せだ。だから母が私に謝る必要なんて全くないのだ。

私の指先は軽やかに動き、母にメッセージを送信した。

〈お母さん、ありがとう。

今度、家に帰ったときは私がご飯作るからね。〉

お母さんとお父さんに、私の作ったご飯を食べてほしい。

そして、できればいつか、一緒にご飯を作ってみたい。両親はどちらもあと数年で定年退職を迎える。仕事に追われる日々がやっと終わり、自分のために使える時間がうんと増えるはずだ。それまでに私は、二人に教えられるくらい上手に料理ができるようになりたい。

私達家族の作るご飯は、少し歪《いびつ》なところがあったとしても、その歪ささえ微笑ましく感じられるような優しい味がするだろう。

そこにはきっと、不器用を許容し合いながら歩んできた、私達の暮らしぶりが表れるから。

※この作品はフィクションです。実在の人物・団体・事件などにはいっさい関係ありません。

集英社オレンジ文庫をお買い上げいただき、ありがとうございます。
ご意見・ご感想をお待ちしております。

● あて先
〒101-8050　東京都千代田区一ツ橋2-5-10
集英社オレンジ文庫編集部 気付
遊川ユウ先生

弁当探偵

愛とマウンティングの玉子焼き

集英社
オレンジ文庫

2024年4月23日　第1刷発行

著　者　遊川ユウ
発行者　今井孝昭
発行所　株式会社集英社
〒101-8050東京都千代田区一ツ橋2-5-10
電話【編集部】03-3230-6352
【読者係】03-3230-6080
【販売部】03-3230-6393（書店専用）
印刷所　図書印刷株式会社

ISBN 978-4-08-680553-7 C0193

集英社オレンジ文庫

栢《か》山《やま》シキ

2023年ノベル大賞準大賞受賞作

レディ・ファントムと灰色の夢

幽霊が見える力を恐れられ、
“レディ・ファントム”という
不名誉なあだ名で呼ばれるクレア。
ある時、親友の子爵令嬢が怪死した件で
ふたりの若い刑事が屋敷を訪れ、
捜査協力を依頼されるが!?